NEW WCDP 新文京開發出版股份有限公司

新世紀・新視野・新文京一精選教科書・考試用書・專業參考書

New Wun Ching Developmental Publishing Co., Ltd.
NEW WCDP New Age · New Choice · The Best Selected Educational Publications — NEW WCDP

書中QR碼
免費下載朗讀MP3

第二版

鍾國揆、陳建如 編著

前言 PREFACE

十多年的日語教育，多次的初級日語教科書的編寫，有感於近年政府推動觀光產業，但觀光日語的教科書仍不多。觀光日語教科書內容要兼顧基本文法又得具台灣在地實用性，著實是項挑戰。本書依照日本語能力測驗 N5 的字彙、句型與文法為基本，總共 16 課，從中逐漸導入觀光領域上可應用的內容。由五十音（平假名、片假名）的介紹開始，初級常用名詞的導入，形容詞的修飾用法，到簡單動詞的應用與變化，由淺入深、循序漸進；讓日文初學者既可學到完整的初級日文，又可應用在觀光導覽上。此次改版將朗讀光碟改為 QR Code 下載的方式，能隨掃隨聽方便又實用。

本書的特色有以下幾點：

一、**生字**：各課先列舉新的生字（原則上以日本語能力測驗檢定 N5 考題中之生字為主），以數字顯示其重音，並在第 16 課後編有日本語能力測驗檢定模擬考題，讓學生熟悉檢定題型，以強化學習效果，並達到證照取得之附加價值。

二、**文型**：透過句子的結構分析，偶爾搭配簡易**英文文法**概念的解說，讓學習者簡單的看懂語法，並進而練習模擬造句，增進**說**、**寫**能力。並附有中文翻譯，學生可以省去查核字典與抄寫翻譯的時間，學習更具效率。

三、**對話練習**：以日常生活可應用於觀光導覽會話為主題，讓學習者可以分組練習，相互對話，除增進說的能力，同時可以透過本文達到短文**閱讀**能力提升的效果，並藉由日籍老師實況錄音強化**聽力**訓練之目標。

四、**日本文化簡介**：在各課後附有關於日本文化節慶的補充資料，使學習者在語言學習之外，也可有機會了解日本的點點滴滴，讓課程更加生動有趣。

本書若有任何疏漏之處，請不吝指教。

鍾國揆、陳建如 謹識

日本語能力測驗

日本語能力測驗係由「日本國際教育協會」及「國際交流基金會」分別在日本及世界各地為日語學習者測試其日語能力的測驗。本測驗共分五個等級，每級均含有「文字、語彙」、「聽解」及「讀解、文法」三項測驗。報考者可依自己的能力，選擇適合的級數參加。

各級認定標準如下表：

<table>
<tr><th rowspan="2">級別</th><th colspan="2">測驗內容</th><th rowspan="2">認證基準</th></tr>
<tr><th>測驗項目</th><th>實際
測驗時間</th></tr>
<tr><td rowspan="4">N1</td><td>言語知識（文字・語彙・文法）</td><td rowspan="2">110 分鐘</td><td rowspan="4">能理解在廣泛情境之下所使用之日語。
【讀】
・可閱讀話題廣泛之報紙社論、評論等論述性較複雜及較抽象之文章，並能理解其文章結構及內容。
・能閱讀各種話題內容較具深度之讀物，並能理解其事情的脈絡及詳細的表達意涵。
【聽】
・在廣泛的情境下，可聽懂常速且連貫之對話、新聞報導及講課，且能充分理解話題走向、內容、人物關係及說話內容之論述結構等，並確實掌握其大意。</td></tr>
<tr><td>讀解</td></tr>
<tr><td>聽解</td><td>60 分鐘</td></tr>
<tr><td>合計</td><td>170 分鐘</td></tr>
<tr><td rowspan="4">N2</td><td>言語知識（文字・語彙・文法）</td><td rowspan="2">105 分鐘</td><td rowspan="4">除日常生活所使用之日語外，亦能大致理解較廣泛情境下之日語。
【讀】
・能看懂報紙、雜誌所刊載之各類報導
・解說、簡易評論等主旨明確之文章。
・能閱讀一般話題之讀物，並可理解事情的脈絡及其表達意涵。
【聽】
・除日常生活情境外，在大部分的情境中，能聽懂近常速且連貫之對話、新聞報導，亦能理解其話題走向、內容及人物關係，並可掌握其大意。</td></tr>
<tr><td>讀解</td></tr>
<tr><td>聽解</td><td>50 分鐘</td></tr>
<tr><td>合計</td><td>155 分鐘</td></tr>
</table>

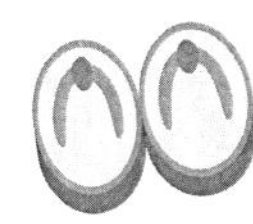

<table>
<tr><th rowspan="2">級別</th><th colspan="2">測驗內容</th><th rowspan="2">認證基準</th></tr>
<tr><th>測驗項目</th><th>實際
測驗時間</th></tr>
<tr><td rowspan="5">N3</td><td>言語知識（文字 ・ 語彙）</td><td>30 分鐘</td><td rowspan="5">能大致理解日常生活所使用之日語。
【讀】
・可看懂日常生活相關內容具體之文章。
・能掌握報紙標題等之概要資訊。
・日常生活情境中所接觸難度稍高之文章經換個方式敘述，便可理解其大意。
【聽】
・在日常生活情境中，面對稍接近常速且連貫之對話，經結合談話之具體內容及人物關係等資訊後，便可大致理解。</td></tr>
<tr><td>言語知識（文法）</td><td rowspan="2">70 分鐘</td></tr>
<tr><td>讀解</td></tr>
<tr><td>聽解</td><td>40 分鐘</td></tr>
<tr><td>合計</td><td>140 分鐘</td></tr>
<tr><td rowspan="5">N4</td><td>言語知識（文字 ・ 語彙）</td><td>30 分鐘</td><td rowspan="5">能理解基礎日語。
【讀】
・可看懂以基本語彙及漢字描述之貼近日常生活相關話題之文章。
【聽】
・能大致聽懂速度稍慢之日常會話。</td></tr>
<tr><td>言語知識（文法）</td><td rowspan="2">60 分鐘</td></tr>
<tr><td>讀解</td></tr>
<tr><td>聽解</td><td>35 分鐘</td></tr>
<tr><td>合計</td><td>125 分鐘</td></tr>
<tr><td rowspan="5">N5</td><td>言語知識（文字 ・ 語彙）</td><td>25 分鐘</td><td rowspan="5">能大致理解基礎日語
【讀】
・能看懂以平假名、片假名或一般日常生活使用之基本漢字所書寫之固定詞句、短文及文章。
【聽】
・在課堂上或周遭等日常生活中常接觸之情境中，如為速度較慢之簡短對話，可從中聽取必要資訊。</td></tr>
<tr><td>言語知識（文法）</td><td rowspan="2">50 分鐘</td></tr>
<tr><td>讀解</td></tr>
<tr><td>聽解</td><td>30 分鐘</td></tr>
<tr><td>合計</td><td>105 分鐘</td></tr>
</table>

資料來源：國際交流基金會

有關報名及考試詳情請參考語言訓練測驗中心網站 (http://www.lttc.ntu.edu.tw/JLPT.htm)

目錄 CONTENTS

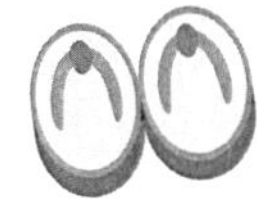

五十音図

ごじゅうおんず

清音

せいおん

平仮名

ひらがな

あ行	か行	さ行	た行	な行	は行	ま行	や行	ら行	わ行	撥音
a あ	ka か	sa さ	ta た	na な	ha は	ma ま	ya や	ra ら	wa わ	nn ん
i い	ki き	shi し	chi ち	ni に	hi ひ	mi み		ri り		
u う	ku く	su す	tsu つ	nu ぬ	fu ふ	mu む	yu ゆ	ru る		
e え	ke け	se せ	te て	ne ね	he へ	me め		re れ		
o お	ko こ	so そ	to と	no の	ho ほ	mo も	yo よ	ro ろ	wo を	

片仮名（かたかな）

あ行	か行	さ行	た行	な行	は行	ま行	や行	ら行	わ行	撥音
a ア	ka カ	sa サ	ta タ	na ナ	ha ハ	ma マ	ya ヤ	ra ラ	wa ワ	nn ン
i イ	ki キ	shi シ	chi チ	ni ニ	hi ヒ	mi ミ		ri リ		
u ウ	ku ク	su ス	tsu ツ	nu ヌ	fu フ	mu ム	yu ユ	ru ル		
e エ	ke ケ	se セ	te テ	ne ネ	he ヘ	me メ		re レ		
o オ	ko コ	so ソ	to ト	no ノ	ho ホ	mo モ	yo ヨ	ro ロ	wo ヲ	

濁音．半濁音
だくおん　はんだくおん

ga が	za ざ	da だ	ba ば	pa ぱ
gi ぎ	ji じ	ji ぢ	bi び	pi ぴ
gu ぐ	zu ず	zu づ	bu ぶ	pu ぷ
ge げ	ze ぜ	de で	be べ	pe ぺ
go ご	zo ぞ	do ど	bo ぼ	po ぽ

ga ガ	za ザ	da ダ	ba バ	pa パ
gi ギ	ji ジ	ji ヂ	bi ビ	pi ピ
gu グ	zu ズ	zu ヅ	bu ブ	pu プ
ge ゲ	ze ゼ	de デ	be ベ	pe ペ
go ゴ	zo ゾ	do ド	bo ボ	po ポ

拗音（ようおん）

kya きゃ	gya ぎゃ	sha しゃ	ja じゃ	cha ちゃ	ja ぢゃ
kyu きゅ	gyu ぎゅ	shu しゅ	ju じゅ	chu ちゅ	ju ぢゅ
kyo きょ	gyo ぎょ	sho しょ	jo じょ	cho ちょ	jo ぢょ

nya にゃ	hya ひゃ	bya びゃ	pya ぴゃ	mya みゃ	rya りゃ
nyu にゅ	hyu ひゅ	byu びゅ	pyu ぴゅ	myu みゅ	ryu りゅ
nyo にょ	hyo ひょ	byo びょ	pyo ぴょ	myo みょ	ryo りょ

kya キャ	gya ギャ	sha シャ	ja ジャ	cha チャ	ja ヂャ
kyu キュ	gyu ギュ	shu シュ	ju ジュ	chu チュ	ju ヂュ
kyo キョ	gyo ギョ	sho ショ	jo ジョ	cho チョ	jo ヂョ

nya ニャ	hya ヒャ	bya ビャ	pya ピャ	mya ミャ	rya リャ
nyu ニュ	hyu ヒュ	byu ビュ	pyu ピュ	myu ミュ	ryu リュ
nyo ニョ	hyo ヒョ	byo ビョ	pyo ピョ	myo ミョ	ryo リョ

長音（ちょうおん）

あ段字	＋あ	おばあさん
い段字	＋い	おじいさん
う段字	＋う	ゆうき
え段字	＋え	ええ
	＋い	えいが（い發“e”音）
お段字	＋お	とおり
	＋う	もうり（う發“o”音）

促音（そくおん）

所謂「促音」，是將「つ」寫成小字的「っ」，不發音，類似半拍休止符，使前字的發音聽起來有短促的感覺。

例：

きって（郵票）	コップ（杯子）
きっぷ（車票）	ベッド（床）
ざっし（雜誌）	
にっき（日記）	

充電區

数(かぞ)えてみましょう（數數看）

れい / ゼロ 0	じゅう １０	にじゅう ２０
いち 1	じゅういち １１	さんじゅう ３０
に 2	じゅうに １２	よんじゅう ４０
さん 3	じゅうさん １３	ごじゅう ５０
し / よん 4	じゅうし / じゅうよん １４	ろくじゅう ６０
ご 5	じゅうご １５	しちじゅう / ななじゅう ７０
ろく 6	じゅうろく １６	はちじゅう ８０
しち / なな 7	じゅうしち / じゅうなな １７	きゅうじゅう ９０
はち 8	じゅうはち １８	ひゃく １００
きゅう / く 9	じゅうきゅう / じゅうく １９	

日語簡介

一、日本語文字

日本語的文字可分為漢字、平假名、片假名。

1. 漢字：由中國傳入。
2. 平假名：為表音符號。是由中國字的草書簡化而成。
3. 片假名：是取中國字楷書的一部分而做成的表音符號。現主要用在外來語的音譯上。

另外，為了非漢字系國家的人學習日本語方便起見，使用羅馬拼音。例如：ki ku （きく；菊花）。現在日本全國各地之地名、車站名皆附有羅馬拼音。

二、日本語語調

日本語的語調沒有強弱重音之分，只有高低音之分。通常可分為平板型、尾高型、中高型、頭高型等四種。各分述如下：

1. 平板型（表示符號為0）

此型是第一音節發低音，第二音節以後發高音，其後若接助詞時，助詞唸高音。

例：　0きもち（が）

　　　0わたし（は）

2. 尾高型（表示符號為2、3、4…）

此型與平板型發音相同，唯其後若接助詞，助詞需唸低音。

例：　2はな（は）

　　　3あした（は）

3. 中高型（表示符號為②、③、④…）

此型是第一音節發低音，第二音節起發高音，第四音節又降為低音。

例：　③せんせい（は）

③れいぞうこ（は）

4. 頭高型（表示符號為①）

此型是第一音節發高音，其餘各音節皆發低音。其後若接助詞，助詞也發低音。

例：　①えき（は）

①じしょ（は）

挨拶言葉（招呼、禮貌用語）

おはよう　ございます。	早安
こんにちは。	午安
こんばんは。	晚安（晚上見面時用）
お休(やす)みなさい。	晚安（晚上道別時用）
どうも　ありがとう　ございます。	非常謝謝
いいえ、どういたしまして。	不客氣
すみません。	對不起
ごめんなさい。	對不起
かまいません。	沒關係
さよなら（＝さようなら）。	再見
では、また　あした。	明天見
お先(さき)に。	先走一步
失礼(しつれい)します。	打擾了、再見
お元気(げんき)ですか。	您好嗎？
はい、おかげさまで。	託您的福
いらっしゃいませ。	歡迎光臨。
少々(しょうしょう)お待(ま)ちください。	請稍候。
どうぞ。	請。

いかがですか。	怎麼樣？
いただきます。	我要開動了。
ごちそうさま。	我吃飽了，謝謝您的款待。
行(い)って来(き)ます。	我要出去了。
行(い)ってらっしゃい。	請慢走。
ただいま。	我回來了。
お帰(かえ)りなさい。	你回來了。

第１課　わたしは がくせいです

単語（たんご）

0	わたし		我
2	あなた		你
1	かれ（かのじょ）	彼（彼女）	他（她）
2	あのひと（あのかた）	あの人（あの方）	那個人
1	だれ（どなた）	誰	誰
	～さん		～先生、小姐
3	せんせい	先生	老師
0	がくせい	学生	學生
2	たいわん	台湾	台灣
2	にほん	日本	日本
	～じん	～人	～人
4	たいわんじん	台湾人	台灣人
4	にほんじん	日本人	日本人
	～ご	～語	～語
0	にほんご	日本語	日語
	～さい	～歳	～歲
1	なんさい	何歳	幾歲
0	だいがく	大学	大學
0	かんこうがっか	観光学科	觀光系

1	はい		是
3	いいえ		不是

補充單字

4	はじめまして	初めまして	初次見面
	おなまえは。	お名前は。	貴姓？
	どうぞ　よろしく		請多指教
0	こちら		這位
	こちらこそ		哪裡哪裡
	おねがいします	お願いします	拜託
	おくには。	お国は。	您是哪國人？
	おしごとは。	お仕事は。	您的職業是？
	～たち		～們
0	せんぱい	先輩	學長（姊）
0	こうはい	後輩	學弟（妹）
	～ともうします	～と申します	叫做～

附表

年齢の言い方（年齢的唸法）			
1歳	いっさい	7歳	ななさい
2歳	にさい	8歳	はっさい
3歳	さんさい	9歳	きゅうさい
4歳	よんさい	10歳	じゅっさい/じっさい
5歳	ごさい	20歳	はたち
6歳	ろくさい	何歳	なんさい

文型

1. わたし　は　学生です。

例文

わたし　は　王　です。
あの人　佐藤さん
彼女　台湾人
わたし　19歳

【中 譯】

我是學生。
敝姓王。
那個人是佐藤先生。
她是台灣人。
我 19 歲。

2. わたし　は　日本人(にほんじん)　ではありません。
（＝じゃありません）

例文(れいぶん)

あの人(ひと)　は　佐藤(さとう)さん　じゃありません。
佐藤(さとう)さん　先生(せんせい)

【中 譯】
我不是日本人。
那個人不是佐藤先生。
佐藤先生不是老師。

3. あの方(かた)は　わたしの　先生(せんせい)です。

例文(れいぶん)

わたし　は　大学(だいがく)　の　学生(がくせい)　です。
あの方(かた)　日本語(にほんご)　先生(せんせい)
わたし　観光学科(かんこうがっか)　学生(がくせい)

【中 譯】
那個人是我的老師。
我是大學的學生。
那個人是日語老師。
我是觀光系的學生。

4. あの人(ひと)も　日本人(にほんじん)です。

例文(れいぶん)

あなた　も　学生(がくせい)　です。
佐藤(さとう)さん　大学(だいがく)の学生(がくせい)

【中 譯】
那個人也是日本人。
你也是學生。
佐藤先生也是大學的學生。

5.

A：　あの人(ひと)　は　誰(だれ)　ですか。
B：　あの人(ひと)　は　佐藤(さとう)さん　です。

A：　あの人(ひと)　は　先生(せんせい)　ですか。

B：　はい、　あの人(ひと)　は　先生(せんせい)　です。
　　いいえ、　あの人(ひと)　は　先生(せんせい)　じゃありません。

A：　あなた　は　何歳(なんさい)　ですか。
B：　わたし　は　＿＿歳(さい)　です。

【中 譯】
A：那個人是誰？
B：那個人是佐藤先生。
A：那個人是老師嗎？
B：是的，那個人是老師。
　不，那個人不是老師。
A：你幾歲？
B：我＿＿歲。

A：初(はじ)めまして、佐藤(さとう)です。お名前(なまえ)は。

B：わたしは　林(りん)です。どうぞ　よろしく。

　　佐藤(さとう)さん、こちらは　王(わん)さんです。

C：初(はじ)めまして、王(わん)です。よろしく　お願(ねが)いします。

A：こちらこそ。お国(くに)は。

B：台湾(たいわん)です。　わたしたちは　台湾人(たいわんじん)です。

A：お仕事(しごと)は。

B：わたしたちは　学生(がくせい)です。

　　王(わん)さんは　わたしの　後輩(こうはい)です。

【中 譯】

A： 初次見面，敝姓佐藤。請教貴姓？

B： 敝姓林。請多指教。

　　佐藤先生，這位是王先生。

C： 初次見面，敝姓王。請多指教。

A： 哪裡哪裡。請問國籍是？

B： 台灣。我們是台灣人。

A： 職業是？

B： 我們是學生。

　　王先生是我的學弟。

自己紹介の練習

初めまして、わたしは ＿＿＿＿＿＿ と申します。

（年齢） です。 （職業） です。

どうぞ　よろしく　お願いします。

文法解說

1. 「は」為助詞，唸「wa」不唸「ha」。
2. 「じゃ」為「では」的口語表現，使用於會話。
3. 自我介紹時自己的姓氏後面不用加「～さん」；介紹或稱呼他人時，姓氏後面要加「～さん」。不論先生或是小姐，都稱呼「～さん」。
4. 日語用詞有男女之別，也有禮貌與普通用法之分。以人稱代名詞為例：

人稱代名詞		男	女
第一人稱	禮貌	わたし / わたくし	
	普通	ぼく	
		おれ	
第二人稱	禮貌	あなた	あなた
	普通	きみ	
		おまえ	

5. 「の」用於連接兩個名詞，前面的名詞說明後面名詞的所屬、性質。例如：「わたしの先生（せんせい）」說明是我的老師而不是其他人的老師。
6. 「も」＝「也」，表示相同性質事物之助詞。
7. 「か」為表疑問的助詞。在任何句子的句尾加上「か」，即變成問句。例如：あなたは 学生（がくせい）ですか。/　あなたは 学生（がくせい）ではありませんか。

宿題（しゅくだい）

一、練習（れんしゅう）しましょう。（練習）

1. わたしは　林（りん）です。（敝姓林。）

   わたしは　________　です。（敝姓__________。）

2. あの人（ひと）は　日本語（にほんご）の　先生（せんせい）です。（那個人是日語老師。）

   わたしは　______________　です。（我是__________。）

3. あなたは　何歳（なんさい）ですか。（你幾歲？）

   わたしは　__________　です。（我______歲。）

4. 佐藤（さとう）さんは　先生（せんせい）ですか。（佐藤先生是老師嗎？）

→ いいえ、佐藤（さとう）さんは____

（不，佐藤先生不是老師。）

5. 佐藤（さとう）さんも 大学（だいがく）の　学生（がくせい）ですか。（佐藤先生也是大學的學生嗎？）

→ はい、佐藤（さとう）さんも____

（是的，佐藤先生也是大學的學生。）

豆知識

學習日文卻對日本這個國家不了解，就很難把日文學得道地。

日本，是位於亞洲東北部的一個島國，主要有四個大島，由北而南依序為北海道 (Hokkaido)、本州 (Honshu)、四國 (Sikoku) 和九州 (Kyushu)。全國總面積為 37.8 萬平方公里，大約有十個台灣大。全國人口數約為一億二千多萬人。日本的行政區域劃分為一都一道二府四十三縣，一都為東京都；一道是指北海道；二府分別是大阪府、京都府；四十三縣例如千葉縣、神奈川縣…等。日本的氣候四季分明，春天溫暖花開，尤其是三月末四月初櫻花盛開，到處可見賞花人潮。夏天，梅雨季節結束後天氣變悶熱且有颱風造訪。秋天秋高氣爽，天氣漸漸轉涼，一解夏天的炎暑，使人不知不覺中食慾大增，因此有「食欲(しょくよく)の秋(あき)」（食慾之秋）之稱。冬天寒冷，約 11 月中旬開始臨日本海之各地紛紛降雪，有的地方冬天的積雪可達二公尺以上。

日本的政治體系學習英國，其君主稱為天皇。天皇並不實際統治國家，交由首相（總理）統治。現任（第 126 代）天皇為德仁，是上皇明仁的長子，年號令和，於 2019 年 5 月 1 日即位。和父親明仁上皇一樣，愛上了同為平民出身、外交世家的雅子妃。在鍥而不捨地追求下，1993 年終於迎娶美人歸。

日本一年中會配合季節的變化，舉行種種的節慶活動。其中部分的節慶因自古與中國往來頻繁，中國文化自然流傳入日本融入其日常生活中，漸漸成為日本的傳統節慶活動。

ほっかいどう 北海道	とやまけん 富山県	さいたまけん 埼玉県	わかやまけん 和歌山県	こうちけん 高知県
東北地區	ながのけん 長野県	とうきょうと 東京都	中國地區	九州地區
あおもりけん 青森県	ぎふけん 岐阜県	ちばけん 千葉県	とっとりけん 鳥取県	ふくおかけん 福岡県
あきたけん 秋田県	ふくいけん 福井県	かながわけん 神奈川県	しまねけん 島根県	さがけん 佐賀県
いわてけん 岩手県	あいちけん 愛知県	關西（近畿）地區	おかやまけん 岡山県	おおいたけん 大分県
やまがたけん 山形県	しずおかけん 静岡県	きょうとふ 京都府	ひろしまけん 広島県	くまもとけん 熊本県
みやぎけん 宮城県	やまなしけん 山梨県	ひょうごけん 兵庫県	やまぐちけん 山口県	ながさきけん 長崎県
ふくしまけん 福島県	關東地區	しがけん 滋賀県	四國地區	みやざきけん 宮崎県
中部地區	とちぎけん 栃木県	おおさかふ 大阪府	かがわけん 香川県	かごしまけん 鹿児島県
にいがたけん 新潟県	ぐんまけん 群馬県	みえけん 三重県	とくしまけん 徳島県	おきなわけん 沖縄県
いしかわけん 石川県	いばらきけん 茨城県	ならけん 奈良県	えひめけん 愛媛県	

第 2 課　これは ほんです

単語（たんご）

0	これ		這個
0	それ		那個
0	あれ		那個
1	どれ		哪個
0	この～		這～
0	その～		那～
0	あの～		那～
1	どの～		哪～
1	なん	何	什麼
1	ほん	本	書
0	しんぶん	新聞	報紙
0	ざっし	雑誌	雜誌
1	かさ	傘	傘
1	じしょ	辞書	辭典
0	えいご	英語	英語
0	めいし	名刺	名片
0	とけい	時計	時鐘
2	かぎ	鍵	鑰匙
0	かばん	鞄	皮包

1	めがね	眼鏡	眼鏡
3	うでどけい	腕時計	手錶
0	てちょう	手帳	記事本
1	ちず	地図	地圖
0	きって	切手	郵票
1	ちゅうごく	中国	中國
	そうです		是的
	そうじゃ　ありません		不是的

補充單字

0	しゃしん	写真	照片
0	きっぷ	切符	車票
4	でんしじしょ	電子辞書	電子字典
1	かんこく	韓国	韓國

文型（ぶんけい）

1. これ　は　本（ほん）です。

例文（れいぶん）

それ	は	先生（せんせい）の傘（かさ）	です。
あれ		日本語（にほんご）の新聞（しんぶん）	
この鞄（かばん）		わたしの	
わたしの鍵（かぎ）		それ	
あれ	は	何（なん）	ですか。

【中 譯】

這是書。
那是老師的傘。
那是日語報紙。
這皮包是我的。
我的鑰匙是那個。
那是什麼？

2. これ　は　日本語の本　で、それ　は　英語の本　です。

例文

それ　は　日本の地図　で、　これ　は　台湾の地図　です。

これ　は　日本語の辞書　で、　それ　は　英語の辞書　です。

これ　は　わたしの名刺　で、　それ　は　佐藤さんの名刺　です。

【中 譯】

這是日語的書，那是英語的書。

那是日本地圖，這是台灣地圖。

這是日語辭典，那是英語辭典。

這是我的名片，那是佐藤先生的名片。

3.

A：　これ　は　鞄　ですか。

B：　はい、　そうです。

いいえ、　そうじゃありません。

A：　それ　は　何の　雑誌　ですか。

B：　これ　は　日本語の　雑誌　です。

A：　あれ　は　誰の　眼鏡　ですか。

B：　あれ　は　先生の　眼鏡　です。

A：　あなたの傘　は　どれ　ですか。

B：　わたしの傘　は　それ　です。

A：　この腕時計(うでどけい)　は　　誰(だれ)の　　ですか。

B：　その腕時計(うでどけい)　は　　先生(せんせい)の　です。

【中 譯】

A：這是皮包嗎？
B：是的。
不是的。
A：那是什麼雜誌？
B：這是日語雜誌。
A：那是誰的眼鏡？
B：那是老師的眼鏡。
A：你的傘是哪一把？
B：我的傘是那把。
A：這手錶是誰的？
B：那手錶是老師的。

4. これ　は　本(ほん)　ですか、　雜誌(ざっし)　ですか。

例文(れいぶん)

それ　は　あなたの　手帳(てちょう)　ですか、　彼(かれ)の　手帳(てちょう)　ですか。

あれ　は　日本語(にほんご)の　新聞(しんぶん)　ですか、　中国語(ちゅうごくご)の　新聞(しんぶん)　ですか。

これ　は　日本(にほん)の　切手(きって)　ですか、　中国(ちゅうごく)の　切手(きって)　ですか。

【中 譯】

這是書？還是雜誌？。
那是你的記事本？還是他的記事本？
那是日語報紙？還是中文報紙？
這是日本的郵票？還是中國的郵票？

A：それは　何（なん）ですか。

B：これは　写真（しゃしん）です。

A：誰（だれ）の　写真（しゃしん）ですか。

B：わたしのです。

A：この電子辞書（でんしじしょ）は　あなたのですか。

B：はい、そうです。

A：これは　切手（きって）ですか、切符（きっぷ）ですか。

B：それは　韓国（かんこく）の　切手（きって）です。

A：これも　あなたのですか。

B：いいえ、そうじゃ　ありません。

【中譯】

A：那是什麼？
B：這是相片。
A：誰的相片？
B：是我的。
A：這電子字典是你的嗎？
B：是的。
A：這是郵票還是車票？
B：那是韓國的郵票。
A：這也是你的嗎？
B：不是。

文法解說

1. 當指示代名詞後面接名詞時，指示代名詞變化為連體詞。如下表所列：

指示代名詞	連體詞＋ N
これ	この＋N
それ	その＋N
あれ	あの＋N
どれ	どの＋N

例：それはわたしの傘（かさ）です。（那是我的傘。）

その傘（かさ）はわたしのです。（那把傘是我的。）

2. 本課的「で」為接續詞，為連接兩個名詞句子之用。

宿題(しゅくだい)

一、答(こた)えてください。（問答練習）

例(れい)：これは　手帳(てちょう)ですか。（いいえ）

→　いいえ、それは　手帳(てちょう)じゃありません。

1. あれは　韓国(かんこく)の　地図(ちず)ですか。　　　　（はい）

→ ____

2. それは あなたの 傘(かさ)ですか。　　　（いいえ）

→ ____

3. それは 何(なん)の　雑誌(ざっし)ですか。　　　（日本語(にほんご)）

→ ____

4. あれは 誰(だれ)の 鞄(かばん) ですか。　　　（林(りん)さん）

→ ____

5. これは 日本語(にほんご)の 新聞(しんぶん)ですか、英語(えいご)の 新聞(しんぶん)ですか。（英語(えいご)の新聞(しんぶん)）

→ ____

二、聞(き)き取(と)り（聽力練習）　請聽完後，選出正確答案。

1. これは　□①新聞(しんぶん)　です。
   □②雑誌(ざっし)
   □③辞書(じしょ)

2. あなたの本(ほん)は　□①これ　です。
   □②あれ
   □③それ

3. これは　□①誰(だれ)の　鍵(かぎ)　ですか。
   □②どれ
   □③何(なん)の

4. それは　□①切符(きっぷ)　じゃありません。
   □②切手(きって)
   □③名刺(めいし)

5. この写真(しゃしん)は　□①あなたの　ですか、□①先生(せんせい)の　ですか。
   □②佐藤(さとう)さんの　□②先生(せんせい)の
   □③あの人(ひと)の　□③佐藤(さとう)さんの

㊎ 模擬テスト（第一～二課）

一、文字・語彙：①、②、③、④から　ただしいよみかたをえらびなさい。

（　）1. 雑誌　①さっき　②ざっし　③きっじ　④ざつし
（　）2. 学生　①がくせい　②かくせい　③がっせい　④かっせい
（　）3. 辞書　①ししょ　②ちしょ　③じしょ　④しじょ
（　）4. 新聞　①じふん　②いえ　③しんぶん　④とけい
（　）5. 日本　①かんこく　②たいわん　③にほん　④にほう
（　）6. 英語　①にほんご　②えいご　③かんこくご　④いんご
（　）7. 時計　①とけい　②とげい　③とけえ　④とうけ
（　）8. 手帳　①てちょう　②でちょう　③てじょう　④ていちょ
（　）9. 先生　①せんせえ　②ぜんせい　③せんせい　④せいせん
（　）10. 切符　①きつふ　②さいふ　③きっぷ　④さっぷ

豆知識

❖ お月見(つきみ)(中秋賞月)

中秋賞月是從平安時代由中國傳來的習俗，因為現在已不用農曆，所以大概在 9 月中旬左右的月圓之夜。日本古老傳說「竹取物語」的女主角也是在這一天返回月亮的，因此中秋賞月對日本人而言有特別的意義。在古代的日本，他們認為月亮的圓缺代表生命生生不息的象徵，而這個時令剛好農作物也漸漸收成，一方面也慶祝豐收。

第3課　ここは ホテルです

単語（たんご）

0	ここ（こちら）		這裡
0	そこ（そちら）		那裡
0	あそこ（あちら）		那裡
1	どこ（どちら）		哪裡
1	なに	何	什麼
2	おとうさん	お父さん	父親、令尊
2	おかあさん	お母さん	母親、令堂
2	おねえさん	お姉さん	姊姊
2	おにいさん	お兄さん	哥哥
4	いもうと	妹	妹妹
4	おとうと	弟	弟弟
1	ねこ	猫	貓
1	ホテル	hotel	旅館
3	エレベーター	elevator	電梯
0	フロント	front　desk	櫃台
2	へや	部屋	房間
1	レストラン	restaurant	餐廳
1	ロビー	lobby	大廳
0	にわ	庭	院子

0	ばいてん	売店	商店
3	ゲームコーナー	game corner	遊樂區
0	ちゅうしゃじょう	駐車場	停車場
1	まど	窓	窗戶
6	じどうはんばいき	自動販売機	自動販賣機
0	つくえ	机	桌子
0	いす	椅子	椅子
0	たな	棚	櫃子
1	ベッド	bed	床
3	れいぞうこ	冷蔵庫	冰箱
1	トイレ	toilet	廁所
1	ふろ	風呂	浴室
0	でんわ	電話	電話
1	きんこ	金庫	保險櫃
1	テレビ	television	電視機
1	ポット	pot	水壺
0	うえ	上	上面
0	した	下	下面
1	そば		旁邊
1	なか	中	裡面
1	そと	外	外面
0	となり	隣	隔壁
1	まえ	前	前面

0	うしろ	後ろ	後面
	みぎ	右	右邊
	ひだり	左	左邊
	～かい	～階	～樓
	～ごうしつ	～号室	～號房
0	なにも	何も	什麼也
1	だれも	誰も	誰也
	あります。		有
	ありません。		没有
	います。		有
	いません。		没有

補充單字

0	おんせん	温泉	溫泉
4	ろてんぶろ	露天風呂	露天浴池
0	カラオケ		卡拉 OK
0	たっきゅう	卓球	桌球
1	など		等
3	ばんごはん	晩ご飯	晚飯
0	えんかいじょう	宴会場	宴會廳
0	いりぐち	入り口	入口

附表

階の言い方（樓層的唸法）			
1階	いっかい	7階	ななかい
2階	にかい	8階	はっかい／はちかい
3階	さんがい	9階	きゅうかい
4階	よんかい	１０階	じゅっかい／じっかい
5階	ごかい		
6階	ろっかい	何階	なんがい

文型（ぶんけい）

1. ホテル　は　あそこ　です。

例文（れいぶん）

ここ	は	ロビー	です。
フロント		1階（いっかい）	
わたしの部屋（へや）		1302号室（いちさんぜロに ごうしつ）	
エレベーター		どこ	ですか。

【中 譯】

旅館在那裡。

這裡是大廳。

櫃台在 1 樓。

我的房間是 1302 號房。

電梯在哪裡？

2. トイレ　は　そこ　に　あります。
　お父（とう）さん　は　ロビー　に　います。

例文（れいぶん）

レストラン	は	3階（さんがい）	に	あります。
金庫（きんこ）		棚（たな）の 中（なか）		
お母（かあ）さん	は	売店（ばいてん）の前（まえ）	に	います。
猫（ねこ）		窓（まど）の そば		
自動販売機（じどうはんばいき）	は	どこ	に	ありますか。
お兄（にい）さん		どこ		いますか。

【中 譯】

廁所在那裡。
父親在大廳。
餐廳在３樓。
電話在桌上。
媽媽在商店的前面。
貓在窗戶旁邊。
自動販賣機在哪裡？
哥哥在哪裡？

3. 風呂(ふろ) は 部屋(へや) に（は） ありません。
猫(ねこ) は 窓(まど)のそば に（は） いません。

例文(れいぶん)

庭(にわ)	は	ホテルの外(そと)	に	ありません。
駐車場(ちゅうしゃじょう)		ホテルの後(うし)ろ		
お姉(ねえ)さん		隣(となり)の部屋(へや)		いません。
お兄(にい)さん		ゲームコーナー		

【中 譯】

浴室不在房間。
貓不在窗戶旁邊。
庭院不在旅館外面。
停車場不在旅館後面。
姊姊不在隔壁房間。
哥哥不在遊樂區。

4. 売店の右　に　ゲームコーナー　が　あります。
椅子の下　に　猫　が　います。

例文

棚の上	に	電話やテレビ	が	あります。
ベッドのそば		机と椅子		
部屋		弟と妹		います。
冷蔵庫の中	に	何	が	ありますか。
部屋の外		誰		いますか。

【中譯】

商店的右邊有遊樂區。
椅子下面有貓。
櫃子上面有電話和電視機。
床的旁邊有桌子和椅子。
房間裡有弟弟和妹妹。
冰箱裡有什麼？
房間外面有誰？

5. 部屋（へや） に ベッド は ありません。
ゲームコーナー に お兄（にい）さん は いません。

例文（れいぶん）

机（つくえ）の 上（うえ）	に	電話（でんわ）	は	ありません。
テレビの左（ひだり）		ポット		
窓（まど）の そば		猫（ねこ）		いません。
部屋（へや）		弟（おとうと） と 妹（いもうと）		
冷蔵庫（れいぞうこ）の中（なか）	に	何（なに）も		ありません。
部屋（へや）の外（そと）		誰（だれ）も		いません。

【中 譯】

房間裡沒有床。
遊樂區沒有哥哥。
桌子上面沒有電話。
電視機左邊沒有水壺。
窗戶旁邊沒有貓。
房間裡沒有弟弟和妹妹。
冰箱裡什麼都沒有。
房間外面一個人都沒有。

A：ここは　温泉(おんせん)ホテルです。

B：このホテルに　何(なに)が　ありますか。

A：露天風呂(ろてんぶろ)や　カラオケ、卓球(たっきゅう)などが　あります。

B：部屋(へや)に　お風呂(ふろ)が　ありますか。

A：部屋(へや)にも　あります。

B：晩(ばん)ご飯(はん)のレストランは　どこですか。

A：宴会場(えんかいじょう)です。3階(さんがい)に　あります。

B：自動販売機(じどうはんばいき)は どこに　ありますか。

A：自動販売機(じどうはんばいき)は　トイレの入(い)り口(ぐち)のそばです。

【中 譯】

A：這裡是溫泉旅館。

B：這間旅館有什麼？

A：有露天浴池和卡拉 OK、桌球等。

B：房間有浴室嗎？

A：房間也有。

B：晚餐的餐廳在哪裡？

A：在宴會廳。在 3 樓。

B：自動販賣機在哪裡？

A：自動販賣機在廁所入口的旁邊。

文法解說

1. 「あります」和「います」二動詞皆表存在的「有」或「在」的意思，「います」使用於人及動物，之外的物體用「あります」，例如：樹、桌子…等。

2. 「に」助詞，表示存在的場所。後面一定接動詞「あります」或「います」。

   例如：学校(がっこう)に　図書館(としょかん)が　あります。

   　　　公園(こうえん)は　どこに　ありますか。

3. 「と」助詞，用於名詞列舉，為「和」之意。

4. 「や」助詞，用於名詞列舉，為「和」之意。「と」列舉出所有的東西；而「や」只列舉出幾樣具代表性事物，有時在最後的名詞後面加上「など(等)」表示尚有未列舉出的事物。

宿題(しゅくだい)

一、練習(れんしゅう)しましょう。（練習）

例(れい)：ホテルは　あそこです。

→　ホテルは　あそこに　あります。

1. レストランは　どこですか。

→ ______________________________

2. あなたの部屋(へや)は　8階(はっかい)です。

→ ______________________________

3. 電話(でんわ)は　ベッドの　そばです。

→ ______________________________

4. ロビーは　1階(いっかい)じゃありません。

→ ______________________________

5. フロントは　何階(なんがい)ですか。

→ ______________________________

例（れい）：レストランは　エレベーターの　そばに　あります。

→　エレベーターの　そばに　レストランが　あります。

6. 風呂（ふろ）は　1階（いっかい）に　あります。

→　1階（いっかい）に ________________

7. お父（とう）さんは　部屋（へや）に います。

→　部屋（へや）に ________________

8. お母（かあ）さんは 隣（となり）の 部屋（へや）には いません。

→　隣（となり）の 部屋（へや）に ________________

9. お兄（にい）さんは　駐車場（ちゅうしゃじょう）の前（まえ）には いません。

→　駐車場（ちゅうしゃじょう）の前（まえ）に ________________

10. 自動販売機（じどうはんばいき）は　部屋（へや）に　ありますか。

→　部屋（へや）に ________________

例(れい)：エレベーターの　そばに　レストランが　あります。

→　レストランは　エレベーターの　そばに　あります。

11. 机(つくえ)の　上(うえ)に　電話(でんわ)や　テレビが　　あります。

→ 電話(でんわ)や　テレビは ________________________________

12. 部屋(へや)の外(そと)に　犬(いぬ)が　います。

→ 犬(いぬ)は ________________________________

13. 部屋(へや)に　トイレが　あります。

→ トイレは ________________________________

14. 部屋(へや)に　ベッドと　風呂(ふろ)は　　ありません。

→ ベッドと　風呂(ふろ)は ________________________________

15. お母(かあ)さんの後(うし)ろに　弟(おとうと)が　います。

→ 弟(おとうと)は ________________________________

二、聞（き）き取（と）り（聽力練習）

請聽完後，選出正確答案。

1. ここは　□①ロビー　　　　です。
　　　　　□②エレベーター
　　　　　□③フロント

2. レストランは　□①1階（いっかい）　ですか。
　　　　　　　　□②8階（はっかい）
　　　　　　　　□③3階（さんがい）

3. このホテルは　□①あそこ　に　ありますか。
　　　　　　　　□②どこ
　　　　　　　　□③そこ

3. 部屋（へや）に　□①電話（でんわ）　が　あります。
　　　　　　　　□②ベッド
　　　　　　　　□③冷蔵庫（れいぞうこ）

4. テレビは　□①机（つくえ）の　上（うえ）　に　ありますか。
　　　　　　□②机（つくえ）の　そば
　　　　　　□③机（つくえ）の　下（した）

豆知識

❖ 敬老(けいろう)の日(ひ)（敬老節）

為尊重長者，於 9 月 15 日農閒期舉辦敬老活動，後成為國定假日。後雖改至 9 月的第 3 個星期一，但日本老人福利法中明訂 9 月 15 日為老人日。

❖ 秋分(しゅうぶん)の日(ひ)（秋分）

同春分般，秋分這天會舉行秋季皇靈祭，因此成為國定假日。秋分的日期也是每年不同，但大多為 9 月 23 日。

第 4 課　バナナは おいしいです

単語（たんご）

0	りんご	林檎	蘋果
0	すいか	西瓜	西瓜
1	バナナ	banana	香蕉
2	みせ	店	商店
1	え	絵	圖畫
	スマートフォン	smart phone	智慧型手機
2	いえ	家	房子、家
2	まち	町	城鎮、大街
2	たかい	高い	高的、貴的
2	やすい	安い	便宜的
0	おいしい	美味しい	好吃的
3	おおきい	大きい	大的
3	ちいさい	小さい	小的
0	かるい	軽い	輕的
0	あまい	甘い	甜的
1	きれい	綺麗	漂亮的、乾淨的
0	ゆうめい	有名	有名的
1	しずか	静か	安靜的
2	にぎやか	賑やか	熱鬧的

1	べんり	便利	方便的
0	じょうぶ	丈夫	堅固的
0	とても		非常
3	あまり		不怎麼…、不很…
1	どう		怎樣、如何、怎麼
1	どんな		怎樣的

補充單字

1	りょうり	料理	做菜、菜餚
2	ひろい	広い	寬的、廣的
0	たいへん	大変	嚴重的、非常

常用形容詞表

イ形容詞（けいようし）					
0	明（あか）るい	明亮的	1	いい	好的
0	暗（くら）い	暗的	2	悪（わる）い	壞的
4	暖（あたた）かい	溫暖的	0	遅（おそ）い	晚的、慢的
3	涼（すず）しい	涼爽的	2	早（はや）い	早的
4	新（あたら）しい	新的	2	速（はや）い	快的
2	古（ふる）い	舊的	0	重（おも）い	重的
2	暑（あつ）い	炎熱的	2	狭（せま）い	窄的
2	寒（さむ）い	寒冷的	2	低（ひく）い	低的、矮的
2	熱（あつ）い	熱的	2	太（ふと）い	粗的、胖的
0	冷（つめ）たい	冷的	2	細（ほそ）い	細的、瘦的
2	厚（あつ）い	厚的	2	強（つよ）い	強的
0	薄（うす）い	薄的	2	弱（よわ）い	弱的
2	辛（から）い	辣的	2	近（ちか）い	近的
0	難（むずか）しい	難的	0	遠（とお）い	遠的
3	易（やさ）しい	簡單的	0	丸（まる）い	圓的
3	優（やさ）しい	善良的	2	若（わか）い	年輕的
4	忙（いそが）しい	忙	2	長（なが）い	長的

イ形容詞(けいようし)					
2	痛(いた)い	痛	3	短(みじか)い	短的
3	小(ちい)さい	小的	4	面白(おもしろ)い	有趣的、好笑的
0	赤(あか)い	紅色的			
2	青(あお)い	藍色的			
2	黒(くろ)い	黑色的			
2	白(しろ)い	白色的			
0	黄色(きいろ)い	黃色的			

ナ形容詞(けいようし)					
2	好(す)き	喜歡	1	親切(しんせつ)	親切的
2	嫌(きら)い	討厭	1	元気(げんき)	健康的
0	色々(いろいろ)	各式各樣	3	大事(だいじ)	保重、重要的
0	簡単(かんたん)	簡單的	0	大切(たいせつ)	重要的
0	立派(りっぱ)	氣派的	3	大丈夫(だいじょうぶ)	沒關係
0	素敵(すてき)	極好、極漂亮	0	暇(ひま)	閒暇
3	上手(じょうず)	擅長、拿手	1	変(へん)	奇怪、怪異
3	下手(へた)	差勁、不拿手	1	無理(むり)	勉強、不可能

文型（ぶんけい）

1. 西瓜（すいか）　は　安（やす）いです。

例文（れいぶん）

林檎（りんご）	は	高（たか）い	です。
台湾（たいわん）のバナナ		とても　美味（おい）しい	
あの店（みせ）		有名（ゆうめい）	
あの絵（え）		綺麗（きれい）	
このりんご	は	どう	ですか。

【中 譯】

西瓜便宜。

蘋果貴。

台灣的香蕉非常好吃。

那家店有名。

那張畫漂亮。

這顆蘋果怎麼樣？

2. スマートフォン　は　安(やす)　くないです。
（＝ありません）
あの家(いえ)　は　綺麗(きれい)　ではありません。
（＝じゃありません）

例文(れいぶん)

この西瓜(すいか)　は　甘(あま)　くないです。
このりんご　あまり　美味(おい)し
あの絵(え)　有名(ゆうめい)　じゃありません。
この町(まち)　静(しず)か

【中 譯】

智慧型手機不便宜。
這房子不漂亮。
這西瓜不甜。
這蘋果不怎麼好吃。
那張圖畫不有名。
這城鎮不安靜。

3. 形容詞（けいようし） ＋ 名詞（めいし） です。

この 西瓜（すいか） は 安（やす）いです。 → これ は 安（やす）い 西瓜（すいか）です。

この 絵（え） は 有名（ゆうめい）です。 → これ は 有名（ゆうめい）な 絵（え）です。

例文（れいぶん）

これ は 小（ちい）さい 家（いえ） です。

大（おお）きい りんご

静（しず）かな 町（まち）

綺麗（きれい）な 家（いえ）

あれ は どんな 店（みせ） ですか。

【中譯】

這西瓜便宜。→這是便宜的西瓜。

這幅畫有名。→這是有名的畫。

這是小房子

這是大的蘋果。

這裡是安靜的城鎮。

這是漂亮的房子。

那是怎樣的店？

4. 形容詞（けいようし） ＋ 形容詞（けいようし） 。

このかばん　は　軽（かる）　くて　丈夫（じょうぶ）　です。

この店（みせ）　は　きれい　で　安（やす）い　です。

例文（れいぶん）

西瓜（すいか）	は	甘（あま）くて　おいしい　です。
この店（みせ）		おいしくて　有名（ゆうめい）
このスマートフォン		便利（べんり）で　小（ちい）さい
ここ		賑（にぎ）やかで　便利（べんり）

【中 譯】

這包包又輕又牢固。
這家店又乾淨又便宜。
西瓜又甜又好吃。
這家店又好吃又有名。
這智慧型手機又方便又小。
這裡又熱鬧又方便。

5. このかばんは　軽（かる）いですが、　丈夫（じょうぶ）じゃありません。

例文（れいぶん）

この店（みせ）は　安（やす）い	ですが、	あまり	きれいじゃありません。
このりんごは　甘（あま）い		とても	高（たか）いです。
この絵（え）は　きれい			高（たか）いです。

【中 譯】

這包包雖輕但不牢固。
這家店雖便宜但不怎麼乾淨。
這蘋果雖甜但很貴。
這圖畫雖漂亮但貴。

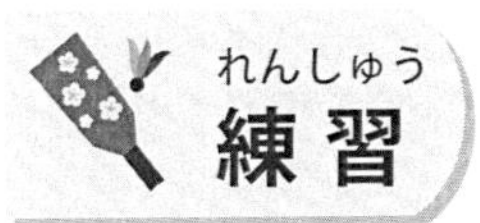

A：あの店(みせ)は　大変(たいへん)　有名(ゆうめい)です。

B：どんな　店(みせ)ですか。

A：あまり　広(ひろ)くないですが、きれいな　店(みせ)です。

B：料理(りょうり)は　どうですか。

A：とても　おいしくて　安(やす)いです。

【中 譯】

A：那家店非常有名。

B：什麼樣的店？

A：雖然不怎麼大，但乾淨的店。

B：料理怎麼樣呢？

A：非常好吃又便宜。

文法解說

1. 日文的形容詞分為二種，一為「イ形容詞」，另一種稱為「ナ形容詞」。所謂「イ形容詞」其語尾為い之形容詞，例如：高(たか)い、大(おお)きい、厚(あつ)い、安(やす)い…等可以直接修飾名詞或單獨使用。例如：厚(あつ)い本(ほん)です。（厚的書）。 厚(あつ)いです。（厚的）。其活用變化如下表所述：

基本形	活用形					
	語幹	未然形	連用形	終止形	連體形	假定形
大(おお)きい	大(おお)き	～かろ	～かっ ～く	～い	～い	～けれ
主要用法		與う連接	與た、なる連接	為語尾	與名詞連接	與ば連接

2. 所謂的「ナ形容詞」又稱為形容動詞，其語尾為だ，例如：元気(げんき)だ、綺麗(きれい)だ、親切(しんせつ)だ…等。可單獨使用，修飾名詞時需加「な」（連體形用法）。例如：元気(げんき)だ。 元気(げんき)な人(ひと)です。

其活用變化如下表所述：

基本形	活用形					
	語幹	未然形	連用形	終止形	連體形	假定形
綺麗(きれい)だ	綺麗(きれい)	～かろ	～だっ ～で ～に	～だ	～な	～なら
主要用法		與う連接	與た、ない、なる連接	為語尾	與名詞連接	與ば連接

3. 形容詞 + 形容詞

(1) 相同評價時：

「い形容詞」くて　形容詞　　　　例：安(やす)くて　おいしい

「な形容詞」で　形容詞　　　　例：きれいで　若(わか)い

(2) 相反評價時：

「形容詞 1」ですが、「形容詞 2」

「が」為接續詞，「但是」之意。

4. 副詞：修飾形容詞、動詞。本課介紹幾個修飾形容詞表示程度的副詞之用法。以下圖示之。

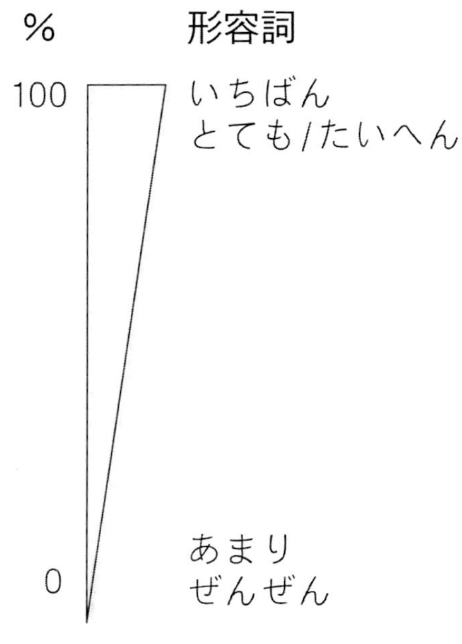

宿題

一、練習しましょう。（練習）

例：この雑誌は　有名です。　　　（否定）

→　この雑誌は　有名じゃありません。

1. この本は　高いです。　　　　　（否定）

→ この本は＿＿＿＿＿＿＿＿＿＿＿＿

2. その辞書は　軽いです。　　　　　（形容詞＋名詞）

→ それは＿＿＿＿＿＿＿＿＿＿＿＿

3. この絵は　きれいです。　　　　　（形容詞＋名詞）

→ これは＿＿＿＿＿＿＿＿＿＿＿＿

4. スマートフォンは　軽いです。便利です。（接続）

→ ＿＿＿＿＿＿＿＿＿＿＿＿

5. このかばんは　高いです。丈夫じゃありません。

→ ＿＿＿＿＿＿＿＿＿＿＿＿

二、形容詞(けいようし)の練習(れんしゅう)

現在肯定	現在否定
おいしい	おいしくない
大(おお)きい	
高(たか)い	
軽(かる)い	
小(ちい)さい	
広(ひろ)い	
安(やす)い	
甘(あま)い	

豆知識

❖ 体育の日（體育節）

10 月 10 日是為紀念 1964 年舉辦東京奧林匹克運動會而設立的節日，在這一天全國學校舉辦運動會活動。現在此國定假日改在 10 月的第 2 個星期一放假。

第5課　ケーキは　ひとつ　いくらですか

単語（たんご）

1	ケーキ	cake	蛋糕
0	はこ	箱	箱子、盒子
1	かぞく	家族	家人
2	いぬ	犬	狗
0	こうえん	公園	公園
1	ビール	beer	啤酒
4	ボールペン	ball pen	原子筆
2	ハンカチ	handkerchief	手帕
1	ノート	notebook	筆記本
3	パソコン	personal computer	個人電腦
3	コーヒー	koffie	咖啡
0	えんぴつ	鉛筆	鉛筆
0	しゃちょう	社長	董事長、總經理
2	しろい	白い	白色的
0	あかい	赤い	紅色的
2	ながい	長い	長的
0	りっぱ	立派	氣派的
1	なんにん	何人	幾個人？
1	いくつ		幾個？

1	いくら		多少錢？
1	えん	円	日圓
2	ひゃく	百	百
1	せん	千	千
1	まん	万	萬
	（を）　ください	（を）下さい	請給我…

 補充單字 

4	いらっしゃいませ		歡迎光臨
0	それから		還有
	ね		啊、呀（語尾助詞）
	ぜんぶ	全部	全部
0	おかえし	お返し	找的錢、回禮
	ありがとう　ございました		謝謝

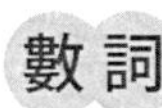

數詞

單位	つ（個）	個（個）	人（人）
1	ひとつ	いっこ	ひとり
2	ふたつ	にこ	ふたり
3	みっつ	さんこ	さんにん
4	よっつ	よんこ	よにん
5	いつつ	ごこ	ごにん
6	むっつ	ろっこ	ろくにん
7	ななつ	ななこ	ななにん（しちにん）
8	やっつ	はっこ	はちにん
9	ここのつ	きゅうこ	きゅうにん
10	とお	じゅっこ	じゅうにん
?	いくつ	なんこ	なんにん
單位	冊（本）	枚（張）	（日圓）
1	いっさつ	いちまい	いちえん
2	にさつ	にまい	にえん
3	さんさつ	さんまい	さんえん
4	よんさつ	よんまい	よえん
5	ごさつ	ごまい	ごえん
6	ろくさつ	ろくまい	ろくえん
7	ななさつ	ななまい	ななえん
8	はっさつ	はちまい	はちえん
9	きゅうさつ	きゅうまい	きゅうえん
10	じゅっさつ	じゅうまい	じゅうえん
?	なんさつ	なんまい	いくら

單位	杯（杯、碗）	本（支）	匹（隻）
1	いっぱい	いっぽん	いっぴき
2	にはい	にほん	にひき
3	さんばい	さんぼん	さんびき
4	よんはい	よんほん	よんひき
5	ごはい	ごほん	ごひき
6	ろっぱい	ろっぽん	ろっぴき
7	ななはい	ななほん	ななひき
8	はっぱい	はっぽん	はっぴき
9	きゅうはい	きゅうほん	きゅうひき
１０	じゅっぱい	じゅっぽん	じゅっぴき
？	なんばい	なんぼん	なんびき
單位	台（台）	回（次數）	足（雙）
1	いちだい	いっかい	いっそく
2	にだい	にかい	にそく
3	さんだい	さんかい	さんぞく
4	よんだい	よんかい	よんそく
5	ごだい	ごかい	ごそく
6	ろくだい	ろっかい	ろくそく
7	ななだい	ななかい	ななそく
8	はちだい	はっかい	はっそく
9	きゅうだい	きゅうかい	きゅうそく
１０	じゅうだい	じゅっかい	じゅっそく
？	なんだい	なんかい	なんぞく

數字

100	ひゃく	1000	せん
200	にひゃく	2000	にせん
300	さんびゃく	3000	さんぜん
400	よんひゃく	4000	よんせん
500	ごひゃく	5000	ごせん
600	ろっぴゃく	6000	ろくせん
700	ななひゃく	7000	ななせん
800	はっぴゃく	8000	はっせん
900	きゅうひゃく	9000	きゅうせん

10000	いちまん	10000000	せんまん
100000	じゅうまん	30000000	さんぜんまん
1000000	ひゃくまん	100000000	いちおく

文型(ぶんけい)

1. 箱(はこ)の中(なか)　に　ケーキ　が　3つ(みっつ)　あります。

　家族(かぞく)　は　4人(よにん)　います。

例文(れいぶん)

公園(こうえん)の前(まえ)	に	犬(いぬ)	が	3匹(さんびき)	います。
机(つくえ)の上(うえ)		ビール		6本(ろっぽん)	あります。
箱(はこ)の中(なか)		ケーキ		いくつ	ありますか。
ご家族(かぞく)	は			何人(なんにん)	いますか。

【中 譯】

盒子裡有3塊蛋糕。
我家有4個人。
公園的前面有3隻狗。
桌上有6瓶啤酒。
盒子裡有幾塊蛋糕？
你家人有幾人？

2. ボールペン　は　1本（いっぽん）　108円（ひゃくはちえん）　です。

例文（れいぶん）

ハンバーガー　は　1つ（ひと）　400円（よんひゃくえん）　です。

このハンカチ　1枚（いちまい）　2000円（にせんえん）

このノート　1冊（いっさつ）　120円（ひゃくにじゅうえん）

このパソコン　は　1台（いちだい）　いくら　ですか。

【中 譯】

原子筆一支 108 日圓。

漢堡 1 個 400 日圓。

這條手帕 1 條 2000 日圓。

這筆記本 1 本 120 日圓。

這台個人電腦 1 台多少錢？

3. コーヒー　を　1杯（いちぱい）　下（くだ）さい。

例文（れいぶん）

ボールペン　を　3本（さんぼん）　下（くだ）さい。

ハンバーガー　2つ（ふた）

このハンカチ　3枚（さんまい）

このノート　8冊（はっさつ）

【中 譯】

請給我一杯咖啡。

請給我 3 支原子筆。

請給我 2 個漢堡。

請給我 3 條手帕。

請給我 8 本筆記本。

4. ボールペン は 3本（さんぼん） で 324円（さんびゃくにじゅうよえん） です。

例文（れいぶん）

ハンバーガー は 2つ（ふた） で 800円（はっぴゃくえん） です。

ハンカチ 3枚（さんまい） 6000円（ろくせんえん）

このノート 8冊（はっさつ） 960円（きゅうひゃくろくじゅうえん）

【中譯】

原子筆 3 支共 324 日圓。

漢堡 2 個共 800 日圓。

手帕 3 條共 6000 日圓。

這筆記本 8 本共 960 日圓。

5. 大きい（おお）ケーキ は 1000円（せんえん）で、小さい（ちい）ケーキ は 600円（ろっぴゃくえん）です。

→大きい（おお）の は 1000円（せんえん）で、小さい（ちい）の は 600円（ろっぴゃくえん）です。

例文（れいぶん）

わたしの鉛筆（えんぴつ） は その長い（なが）の です。

社長（しゃちょう）の家（いえ） あの立派（りっぱ）なの

白い（しろ）ハンカチ は 1000円（せんえん） で、 赤い（あか）の は 800円（はっぴゃくえん） です。

【中譯】

大的蛋糕 1000 日圓，小的蛋糕 600 日圓。

→大的 1000 日圓，小的 600 日圓。

我的鉛筆是那支長的。

董事長的家是那間氣派的。

白色手帕 1000 日圓，紅色的 800 日圓。

A：いらっしゃいませ。

B：ケーキは　大(おお)きいのを　1(ひと)つ　下(くだ)さい。

　それから　コーヒーを　2(ふた)つ　下(くだ)さい。

A：大(おお)きいケーキを　1(ひと)つと　コーヒーを　2(ふた)つですね。

B：はい。

A：全部(ぜんぶ)で　1600円(せんろっぴゃくえん)です。

B：はい、2000円(にせんえん)。

A：400円(よんひゃくえん)のお返(かえ)しです。ありがとう　ございました。

【中譯】

A：歡迎光臨。
B：請給我蛋糕大的 1 個。還有咖啡 2 杯。
A：大的蛋糕 1 個和咖啡 2 杯。
B：是的。
A：全部共 1600 日圓。
B：好，2000 日圓。
A：找您 400 日圓。謝謝惠顧。

文法解說

1.「で」助詞，表基準、範圍。

2.「の」為替代名詞，用於提及的物或人。

宿題

一、正しい文を書いてください。（造句組合練習）

例：本／　五百円／　です／　一冊／　は
→　本は　一冊　五百円です。

1. バナナ／　は／　一本／　です／　七百円

→ ______________________________

2. 一杯／　は／　コーヒー／　ですか／　いくら

→ ______________________________

3. 家族／　四人／　は／　います

→ ______________________________

4. 机の上／　が／　パソコン／　あります／　一台／　に

→ ______________________________

5. ケーキ／八つ／　が／棚の中　／に／　あります

→ ______________________________

二、文(ぶん)を書(か)いてください。（請寫出句子）

例(れい)：りんご／三(みっ)つ　りんごを　三(みっ)つ　下(くだ)さい。

1. 雑誌(ざっし)／　三冊(さんさつ)→ ______________________________

2. 切手(きって)／　二枚(にまい)→ ______________________________

3. ボールペン／　六本(ろっぽん)→ ______________________________

4. ビール／　五本(ごほん)→ ______________________________

5. 時計(とけい)／　五(いつ)つ→ ______________________________

豆知識

❖ 文化の日（文化節）

11 月 3 日原明治天皇的生日，因明治天皇推行「明治運動」，使日本成為進步的國家。因此基於提倡自由與和平，推動文化發展，定為「文化節」。

第６課　まいあさ、しちじに おきます

単語（たんご）

1	いま	今	現在
1	あさ	朝	早上
2	ひる	昼	中午
1	よる	夜	晚上
1	ごぜん	午前	上午；午前
1	ごご	午後	下午；午後
1	まいあさ	毎朝	每天早上
1	まいばん	毎晩	每天晚上
	～じ	～時	～點
1	なんじ	何時	幾點
1	はん	半	半
	～ふん	～分	～分
0	とうきょう	東京	東京
	ニューヨーク	New York	紐約
0	ちょうど		正好、整整
0	がっこう	学校	學校
3	ゆうびんきょく	郵便局	郵局
3	コンビニ	convenience store	便利商店
3	びじゅつかん	美術館	美術館

0	かいしゃ	会社	公司
0	ぎんこう	銀行	銀行
0	びょういん	病院	醫院
3	としょかん	図書館	圖書館
3	ひるやすみ	昼休み	午休
	おきます	起きます	起床
	ねます	寝ます	睡覺
	べんきょうします	勉強します	學習、用功
	はたらきます	働きます	工作
	やすみます	休みます	休息
	はじまります	始まります	開始
	おわります	終わります	結束

補充單字

	すみません		對不起
3	あさごはん	朝ごはん	早餐
0	ばしょ	場所	地點
0	だいよくじょう	大浴場	大眾浴池

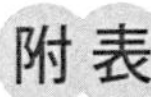

附表

時間の言い方（時間的唸法）			
～時（～點）		～分（～分）	
1時	いちじ	1分	いっぷん
2時	にじ	2分	にふん
3時	さんじ	3分	さんぷん
4時	よじ	4分	よんぷん
5時	ごじ	5分	ごふん
6時	ろくじ	6分	ろっぷん
7時	しちじ	7分	ななふん／しちふん
8時	はちじ	8分	はっぷん
9時	くじ	9分	きゅうふん
１０時	じゅうじ	１０分	じゅっぷん／じっぷん
１１時	じゅういちじ		
１２時	じゅうにじ	半	はん＝３０分
何時	なんじ	何分	なんぷん

文型

1. 今（は）4時です。
今、東京は午前9時です。

例文

今（は）午後6時半です。
ちょうど2時
1時10分
何時ですか。
ニューヨークは何時

【中譯】

現在是4點。
現在東京是上午9點。
現在是下午6點半。
現在2點整。
現在1點10分。
現在幾點？
紐約幾點？

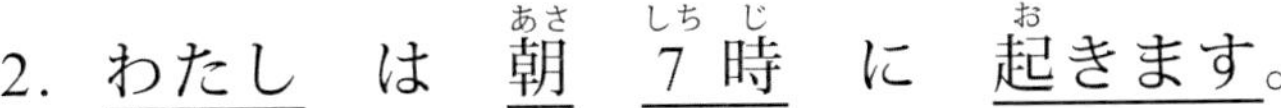

2. わたし　は　朝(あさ)　7時(しちじ)　に　起(お)きます。

例文(れいぶん)

わたし　は　夜(よる)　12時(じゅうにじ)　に　寝(ね)ます。
学校(がっこう)　毎朝(まいあさ)　8時(はちじ)　始(はじ)まります。
郵便局(ゆうびんきょく)　何時(なんじ)　終(お)わりますか。

【中 譯】

我早上 7 點起床。
我晚上 12 點睡覺。
學校每天早上 8 點開始。
郵局幾點結束？

3. 起(お)きます→起(お)きません

弟(おとうと)　は　勉強(べんきょう)しません。
コンビニ　休(やす)みません。

【中 譯】

起來→不起來
弟弟不讀書。
便利商店不休息。

4. 美術館(びじゅつかん)　は　10時(じゅうじ)　から　午後(ごご)　5時半(ごじはん)　まで　です。

例文(れいぶん)

会社(かいしゃ)　は　午後(ごご)　4時半(よじはん)まで　です。

病院(びょういん)　午後(ごご)　何時(なんじ)から　ですか。

昼休み(ひるやすみ)　何時(なんじ)から　何時(なんじ)まで　ですか。

【中 譯】

美術館從 10 點到下午 5 點半。

公司到下午 4 點半。

醫院下午從幾點開始？

午休從幾點到幾點？

5. 彼女(かのじょ)　は　夜(よる)　6時(ろくじ)　から　11時(じゅういちじ)　まで　働きます(はたらきます)。

例文(れいぶん)

銀行(ぎんこう)　は　昼(ひる)　12時(じゅうにじ)　から　1時(いちじ)　まで　休みません(やすみません)。

わたし　毎晩(まいばん)　7時半(いちじはん)　9時(くじ)　勉強(べんきょう)します。

あなた　何時(なんじ)　まで　図書館(としょかん)に　いますか。

【中 譯】

她晚上從 6 點到 11 點工作。

銀行中午從 12 點到 1 點不休息。

我每晚從 7 點半到 9 點讀書。

你在圖書館到幾點？

A：すみません、今、何時ですか。

B：今、午後　５時２０ 分です。

A：晩ご飯は　何時に　始まりますか。

B：晩ご飯は　午後　５時半に　始まります。

A：大浴場は　何時に　終わりますか。

B：大浴場は　夜　１０時に　終わります。

A：朝ご飯は　何時から　何時までですか。

　　場所は　どこですか。

B：朝ご飯は　６時から　９時半までで、場所は　３階に　あります。

【中 譯】

A：對不起，現在幾點？

B：現在下午 5 點 20 分。

A：晚餐幾點開始？

B：晚餐下午 5 點半開始。

A：大眾浴池幾點結束呢？

B：大眾浴池晚上 10 點結束。

A：早餐從幾點開始到幾點？地點在哪裡？

B：早餐從 6 點到 9 點半，地點在 3 樓。

文法解說

1. 本課介紹之動詞為「自動詞」。所謂自動詞是指自然或自行發生之動作，不需借助外力。句型為「～が～ます。」

2. 「に」、「から」及「まで」皆為表示時間之助詞，加在時間的後面。

   例如：わたしは　毎晩（まいばん）　11時（じゅういちじ）に　寝（ね）ます。

   　　　わたしは　8時（はちじ）から　4時（よじ）まで　働（はたら）きます。

   三者之用法說明如下：

   「に」表時間點。用於含有數字的時間名詞（如：年、月、日、時）後面，例如：11時（じゅういちじ）に。類似英文的「in/on/at」，「in＋年、月」/「on＋星期」/「at＋時分」

   「から」表開始的時間，「まで」表結束的時間。類似英文的「from」～「to/until」。

3. 「ます」為助動詞，動詞的禮貌形用法。否定表現為「ません」。而過去的時態以「ました」表示，否定的過去式則為「ませんでした」。例如：

	肯定	否定
現在式	起（お）きます	起（お）きません
過去式	起（お）きました	起（お）きませんでした

宿題(しゅくだい)

一、文(ぶん)を完成(かんせい)してください。（造句練習）

例(れい)：わたし／　6時(ろくじ)／　起(お)きます

→　わたしは　6時(ろくじ)に 起(お)きます。

1. 先生(せんせい)／　毎朝(まいあさ)／　6時(ろくじ)／　起(お)きます

→ ________________________________

2. あの人(ひと)／　毎晩(まいばん)／　9時(くじ)／　寝(ね)ます

→ ________________________________

3. 学校(がっこう)／　何時(なんじ)／　始(はじ)まりますか

→ ________________________________

4. 会社(かいしゃ)／　何時(なんじ)／　何時(なんじ)

→ ________________________________

5. あの店(みせ)／　3時(さんじ)／　5時(ごじ)／　休(やす)みます

→ ________________________________

二、一番(いちばん)いいものをひとつ選(えら)んでください。

（圈出一個最適當的答案）

1. 彼女(かのじょ)は 毎朝(まいあさ)、6時(ろくじ)　に　勉強(べんきょう)します。
   から
   が

   （她每天早上 6 點開始讀書。）

2. 銀行(ぎんこう)は 何時(なんじ)　に　始(はじ)まりますか。
   の
   で

   （銀行幾點開始呢？）

3. 銀行(ぎんこう)は 12時(じゅうにじ)　に　1時(いちじ)　に　休(やす)みません。
   から　から
   まで　まで

   （銀行 12 點到 1 點不休息。）

4. あの人(ひと)は 9時(くじ)　に　5時(ごじ)　に　働(はたら)きます。
   から　から
   まで　まで

   （那個人 9 點到 5 點工作。）

5. 学校(がっこう)は 毎日(まいにち)、5時(ごじ) に／で／も 終(お)わります。

（學校每天 5 點結束。）

三、動詞変化(どうしへんか)の練習(れんしゅう)

肯定	否定
起(お)きます	起(お)きません
寝(ね)ます	
休(やす)みます	
働(はたら)きます	
勉強(べんきょう)します	
終(お)わります	
始(はじ)まります	

豆知識

❖ 七五三（七五三）

11 月 15 日 3 歲、7 歲的女孩，3 歲、5 歲的男孩要到神社參拜，以祈求小孩健康長大。

❖ 勤労感謝の日（勤勞感謝日）

原本天皇於舊曆 11 月會舉行「新嘗祭」，以五穀為祭，感謝上天保佑一年的豐收。後衍生為感謝國民勤奮工作努力生產，訂 11 月 23 日為國定假日。

第７課　わたしは　イギリスへ　いきます

単語(たんご)

1	きょう	今日	今天
3	あした	明日	明天
1	まいにち	毎日	每天
1	こんばん	今晩	今晚
0	うち	家	家
0	くに	国	國家
0	イギリス	U.K.	英國
0	アメリカ	U.S.A.	美國
0	フランス	France	法國
	カオシュン	高雄	高雄
	タイペイ	台北	台北
0	おおさか	大阪	大阪
1	スーパー	supermarket	超級市場
3	きっさてん	喫茶店	咖啡店
4	どうぶつえん	動物園	動物園
2	デパート	department	百貨公司
1	バス	bus	公車
2	ひこうき	飛行機	飛機
1	ふね	船	船

2	じてんしゃ	自転車	腳踏車
0	いっしょ（に）	一緒（に）	一起
1	りょうしん	両親	雙親
0	ともだち	友達	朋友
0	みんな		大家
2	ひとりで	一人で	一人、一個人
	いきます	行きます	去
	きます	来ます	來
	かえります	帰ります	回來

補充單字

0	これから		從現在起；今後
	ディズニーランド	Disney land	迪士尼樂園
0	でんしゃ	電車	電車

文型（ぶんけい）

1. わたし　は　イギリス　へ　行（い）きます。

例文（れいぶん）

わたし	は	家（うち）	へ	帰（かえ）ります。
佐藤（さとう）さん		今晩（こんばん）　高雄（カオシュン）		来（き）ます。
あの人（ひと）		毎日（まいにち）、学校（がっこう）		行（い）きます。
あなた		どこ		行（い）きますか。

【中 譯】

我去英國。
我回家。
佐藤先生今晚來高雄。
那個人每天去學校。
你要去哪裡？

2. 佐藤（さとう）さん　は　国（くに）　へ　帰（かえ）りません。

例文（れいぶん）

佐藤（さとう）さん	は	今日（きょう）　学校（がっこう）	へ	来（き）ません。
あの人（ひと）		明日（あした）　アメリカ		行（い）きません。

【中 譯】

佐藤先生不回國。
佐藤先生今天不來學校。
那個人明天不去美國。

3. わたし　は　バス　で　台北（タイペイ）　へ　行（い）きます。

例文（れいぶん）

飛行機（ひこうき）　で　フランス　へ　行（い）きます。

船（ふね）　　日本（にほん）

自転車（じてんしゃ）　　スーパー

あなた　は　何（なん）　で　大阪（おおさか）　へ　行（い）きますか。

【中譯】

我搭巴士去台北。

搭飛機去法國。

搭船去日本。

騎腳踏車去超市。

你怎麼去大阪？

4. わたし　は　友達（ともだち）　と　一緒（いっしょ）に　喫茶店（きっさてん）　へ　行（い）きます。

　＝２人（ふたり）　で　喫茶店（きっさてん）　へ　行（い）きます。

例文（れいぶん）

妹（いもうと）　は　両親（りょうしん）　と　デパート　へ　行（い）きます。

先生（せんせい）　　学生（がくせい）たち　　動物園（どうぶつえん）

あの人（ひと）　　誰（だれ）　　台北（タイペイ）　　行（い）きますか。

３人（さんにん）　で　デパート　へ　行（い）きます。

みんな　　動物園（どうぶつえん）

１人（ひとり）　　喫茶店（きっさてん）

何人（なんにん）　　動物園（どうぶつえん）　　行（い）きますか。

【中 譯】

我和朋友一起去咖啡店。
＝2個人去咖啡店。
妹妹和我爸媽去百貨公司。
老師和學生們去動物園。
你和誰去台北？
3個人去百貨公司。
大家去動物園。
1個人去咖啡店。
幾個人去動物園？

練習

A：こんにちは、どこへ　行きますか。

B：これから ディズニーランドへ　行きます。

A：何で　ディズニーランドへ　行きますか。

B：電車で　行きます。

A：誰と　一緒に　行きますか。

B：一人で　行きます

【中 譯】

A：午安，你要去哪裡？
B：我現在要去迪士尼樂園。
A：你要怎麼去迪士尼樂園？
B：我搭電車去。
A：你要和誰一起去？
B：我一個人去。

文法解說

1. 本課介紹之動詞為「移動動詞」。

2. 「へ」助詞，表示移動之方向，後接移動動詞。在五十音時唸「he」，當助詞時唸「e」。

   例如：わたしは　学校(がっこう)　へ　行(い)きます。

   從英文的角度來看有點類似 go to somewhere 的 to ,

   例如： go to school (学校(がっこう)　へ　行(い)きます)

3. 「で」為助詞，本課介紹 2 種用法，一為表示執行動作所使用的工具、方法。

   例如：わたしは　バスで　学校(がっこう)　へ　行(い)きます。（我搭公車去學校。）

   從英文的角度來看有點類似「ｂｙ」。

   例如： go **by** bus　(バス　で　行(い)きます)

   另一用法為表範圍，前面多為量詞。

   例如：２人(ふたり)で美術館(びじゅつかん)へ行(い)きます。（2 個人去美術館。）

4. 「と」表與主語一同執行動作者，為「和」之意。類似英文「with」。後常接「一緒に」。

   例如：先生(せんせい)は学生(がくせい)と一緒(いっしょ)に美術館(びじゅつかん)へ行(い)きます。（老師和學生一起去美術館。）

宿題(しゅくだい)

一、正(ただ)しい文(ぶん)を書(か)いてください。（請寫出正確的句子）

例(れい)：わたし／郵便局(ゆうびんきょく)／行(い)きます

→　わたしは　郵便局(ゆうびんきょく)へ　行(い)きます。

1. あの人(ひと)／毎日(まいにち)／公園(こうえん)／行(い)きます

→ ______________________________

2. あなた／明日(あした)／日本(にほん)／行(い)きますか

→ ______________________________

3. 佐藤(さとう)さん／誰(だれ)／韓国(かんこく)／行(い)きますか

→ ______________________________

4. わたし／今日(きょう)／学校(がっこう)／行(い)きません

→ ______________________________

5. わたし／自転車(じてんしゃ)／学校(がっこう)／行(い)きます

→ ______________________________

二、正しい答えを選んでください。（圈出正確答案）

1. わたしは 毎日、学校　（へ、で、は）　行きます。

2. わたしは 家へ（行きます、来ます、帰ります）。

3. あなたは 電車（に、で、へ）会社（へ、で、は）　　来ますか。

4. あの人は 毎日、公園へ（行きます、来ます、帰ります）。

5. 李さんは 明日、学校（へ、で、は）行きません。

6. あなたは 何（へ、で、は）銀行　（へ、で、は）　行きますか。

7. 林さんは 飛行機（で、は、に）東京へ（行きます、あります、帰ります）。

8. あの人は 毎日、佐藤さん（と、で、は）図書館へ　（行きます、帰ります、行きません）。

豆知識

❖ クリスマス（聖誕節）

12 月 25 日雖然沒放假，但這個由西方社會傳入的宗教節日在日本已經演變成互相送禮物的日子，沒有一絲宗教意義。是標準的由商人的炒作而形成的西洋節日。

第8課　すしを　たべます

単語（たんご）

1	すし	寿司	壽司
0	まんが	漫画	漫畫
	アニメ	animation	動畫
1	ごはん	ご飯	飯
1	ジュース	juice	果汁
0	おさけ	お酒	酒
0	てがみ	手紙	信
0	えいが	映画	電影
	シーディー	CD	CD
0	しょくじ	食事	飲食、用餐
1	ラーメン		麵
1	パスタ	pasta	義大利麵
1	はし	箸	筷子
2	フォーク	fork	叉子
2	ストロー	straw	吸管
	インターネット	internet	網路
0	けいたい（でんわ）	携帯（電話）	手機
1	なにか	何か	什麼
3	いざかや	居酒屋	啤酒屋

	でも		譬如、或者
	たべます	食べます	吃
	のみます	飲みます	喝
	よみます	読みます	讀
	かいます	買います	買
	かきます	書きます	寫
	ききます	聞きます	聽
	みます	見ます	看
	します		做
	ええ		（表贊同）
	そうしましょう		就這麼決定

 補充單字 

1	まだ		還沒、尚未
	じゃ		那麼
3	えいがかん	映画館	電影院
0	ちかてつ	地下鉄	地下鐵

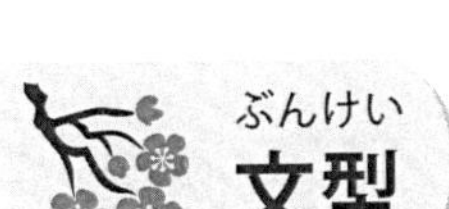

文型（ぶんけい）

1. わたしは　寿司（すし）を　食（た）べます。

例文（れいぶん）

漫画（まんが）　を　読（よ）みます。
アニメ　　　見（み）ます。
何（なに）　　　しますか。

ストロー　で　ジュース　を　飲（の）みます。
箸（はし）　　　ラーメン　　食（た）べます。
フォーク　　　パスタ　　　食（た）べます。
何（なん）　　　ご飯（はん）　　食（た）べますか。

【中 譯】

我吃壽司。
看漫畫。
看動畫。
做什麼呢？
用吸管喝果汁。
用筷子吃麵。
用叉子吃義大利麵。
用什麼吃飯呢？

2. わたし は 友達（ともだち） と 居酒屋（いざかや） で 食事（しょくじ） を します。

例文（れいぶん）

喫茶店（きっさてん） で 手紙（てがみ） を 書（か）きます。
学校（がっこう） 日本語（にほんご） 勉強（べんきょう）します。
インタネット 携帯（けいたい） 買（か）います。
どこ CD（シーディー） 聞（き）きますか。

【中譯】

我和朋友在啤酒屋吃飯。
在咖啡店寫信。
在學校學日語。
在網路買手機。
在哪裡聽 CD ？

3.

A： 一緒（いっしょ）に 映画（えいが） を 見（み）ませんか。

B： いいですね。

【中譯】

A：要不要一起看電影？
B：好啊。

A： お酒（さけ） でも 飲（の）みませんか 。

B： 飲（の）みましょう。

【中譯】

A：要不要喝酒？
B：喝吧。

A：　何(なに)か　食(た)べましょう。

B：　ええ、そうしましょう。

【中 譯】

A：吃個東西吧？

B：好，就那麼辦吧。

帰(かえ)りましょう。

【中 譯】

回家吧。

練習

A：これから　家へ　帰りますか。

B：いいえ、まだです。

A：じゃ、一緒に　映画を 見ませんか。

B：いいですね。どこで　見ますか。

A：オスカー映画館です。

B：何で　映画館へ　行きますか。

A：地下鉄で　行きましょう。

B：はい、そうしましょう。

【中譯】

A：你接下來要回家嗎？
B：不，還沒。
A：那麼，要不要一起看電影？
B：好啊，在哪裡看電影？
A：在奧斯卡電影院。
B：要怎麼去電影院？
A：搭捷運去電影院吧。
B：好，就這麼辦。

文法解說

1. 本課所介紹之動詞為「他動詞」，類似英文之及物動詞。

2. 「を」為表示目的物之助詞，用英文文法來看是用來標示受格，擺在受格後面。表示該動作所影響的事物。

   例如：わたしは　ご飯（はん）を　食（た）べます。

3. 「で」為助詞，表示動作的場所。與表示工具、方法的助詞「で」意思不同。

   例如：箸（はし）　で　ご飯（はん）を食（た）べます。（L7）

   寿司屋（すしや）　で　寿司（すし）を食（た）べます。（L8）

4. 「～ましょう」：

   ① 表示邀請、提議之意。

   例如：一緒（いっしょ）に映画（えいが）を見（み）ましょう。（一起看電影吧。）…表邀請

   行（い）きましょう。（走吧！）…表提議（＝ Let's go.）

   食（た）べましょう。（＝ Let's eat.）

   帰（かえ）りましょう。（＝ Let's go home.）

   ② 回覆邀請。

   例如：一緒（いっしょ）に映画（えいが）を見（み）ませんか。（要不要一起看電影？）

   はい、見（み）ましょう。…回覆（接受）

宿題

一、正しい文を書いてください。（請寫出正確的句子）

例：わたし／ラーメン／食べます

→　わたしは ラーメンを 食べます。

1　彼／ボールペン／手紙／書きます

→ ______________________________

2　わたし／毎晩／日本語の CD ／聞きます

→ ______________________________

3　わたし／インターネット／パソコン／買います

→ ______________________________

4　あの人／雑誌／読みますか

→ ______________________________

5　わたしたち／居酒屋／お酒／飲みます

→ ______________________________

二、正(ただ)しい答(こた)えを書(か)いてください。（請寫出適當答案）

1. わたしは　毎日(まいにち)　新聞(しんぶん)を　（　　　　）。

2. あの人(ひと)は　毎朝(まいあさ)　喫茶店(きっさてん)で　コーヒーを　（　　　　）。

3. 林(りん)さんは 毎晩(まいばん)　お酒(さけ)を　（　　　　）。

4. あなたは　（　）を　買(か)いますか。

5. わたしは　学校(がっこう)（　）漫画(まんが)を（　　　　）。（否定）

6. わたしは　毎朝(まいあさ)（　）ジュース（　）飲(の)みます。

7. あの人(ひと)は　レストラン（　）食事（　）します。

8. 日本人(にほんじん)も　箸(はし)（　）ご飯(はん)（　）食(た)べます。

9. 今晩(こんばん)　一緒(いっしょ)に　食事(しょくじ)でも（　　　　　）。

三、「～ましょう」の練習（れんしゅう）

例（れい）：行（い）きます→行（い）きましょう

～ます	～ましょう
来（き）ます	
帰（かえ）ります	
休（やす）みます	
勉強（べんきょう）します	
食（た）べます	
飲（の）みます	
見（み）ます	
します	
買（か）います	
書（か）きます	
聞（き）きます	
読（よ）みます	

豆知識

❖ 歳末（歳末）

12 月 28 日起大家為準備過年而準備、大掃除。儘管嚴冬寒冷，家家戶戶仍舊大掃除，除舊佈新，在大門口擺放門松裝飾。並且準備過年的年菜。

12 月 31 日是除夕（大晦日），晚上結束工作全家換上新衣服一起吃「跨年麵」，以祈全家長久幸福的生活。到了午夜 12 點整各地的寺院敲鐘 108 響，稱為「除夜の鐘」（除夕的鐘聲）。此時也進入新年，家人互道：「新年快樂！」。

❖ お正月（新年）

在大年初一，大家相偕到神社或寺院參拜，祈求能有幸運的一年。在這一天，大家也藉此機會相互拜年。

在日本也有發壓歲錢的習慣，這一天小孩子最期待的莫過於領壓歲錢了。

過年各行各業都休息不工作，但在大年初一這一天，郵差會將賀年卡片配送到家，以傳達遠方親友的祝賀。

㊗ 模擬テスト（第一～八課）

一、文字・語彙

問題一 ＿＿＿の　ことばは　ひらがなで　どう　よみますか。1・2・3・4から　いちばん　いい　ものを　ひとつ　えらんで　ください。（＿＿＿中的字用平假名如何唸？請從1、2、3、4中選出一個最適當的）

とい1　あそこは　とうきょう大学です。
（　）　1. たいかく　2. たいがく　3. だいがく　4. だいかく

とい2　あのいえは　立派ですね。
（　）　1. りつぽ　2. りっぱ　3. りっは　4. りっば

とい3　いっしょに　映画を　みませんか。
（　）　1. えいが　2. えがい　3. えいか　4. えりが

とい4　このまちは　賑やかじゃありません。
（　）　1. にきやか　2. にぎかや　3. にがやか　4. にぎやか

とい5　あれは　にほんの　地図ですか。
（　）　1. ちず　2. ちつ　3. じず　4. じつ

とい6　びじゅつかんの左は　としょかんです。
（　）　1. ひだり　2. ひたり　3. びだり　4. びたり

とい7　冷蔵庫のなかに　なにも　ありません。
（　）　1. れえそうこ　2. れりそうこ　3. れいぞうこ　4. れいぞうご

とい8　わたしは　毎晩　べんきょうします。
（　）　1. まいぼん　2. まいばん　3. まいはん　4. まいぽん

とい 9　あのかばんは　<u>高い</u>です。
（　）　1. かたい　　2. がたい　　3. だかい　　4. たかい

とい 10　<u>静か</u>なこうえんですね。
（　）　1. しづか　　2. しずか　　3. しつか　　4. じずか

問題二　＿＿＿の　ことばは　どう　かきますか。1・2・3・4から　いちばん　いい　ものを　ひとつ　えらんで　ください。（＿＿＿中的字如何寫？請從 1、2、3、4 中選出一個最適當的）

とい 1　<u>いぬ</u>は　いえのまえに　います。
（　）　1. 猫　　2. 船　　3. 犬　　4. 国

とい 2　あの<u>みせ</u>で　やすみませんか。
（　）　1. 店　　2. 家　　3. 部屋　　4. 庭

とい 3　あの<u>すーぱー</u>は　おおきいです。
（　）　1. スーバー　　2. フーハー　　3. スーパー　　4. フーパー

とい 4　まどのそばに　<u>たな</u>が　あります。
（　）　1. 窓　　2. 棚　　3. 本　　4. 傘

とい 5　わたしは　<u>あした</u>　にほんへ　いきます。
（　）　1. 昨日　　2. 今日　　3. 明日　　4. 今晩

とい 6　<u>といれ</u>は　あそこに　あります。
（　）　1. ドレイ　　2. トイレ　　3. トイル　　4. トノイ

とい 7　おかあさんは　<u>でぱーと</u>で　しょくじを　します。
（　）　1. デパート　　2. ラパート　　3. テバート　　4. ナパード

とい 8　きょう　<u>びーる</u>を　のみません。
（　）　1. ヒール　　2. ビーレ　　3. ビーノ　　4. ビール

二、文法

問題一　（　　）に　なにを　いれますか。1・2・3・4 から　いちばん　いい　ものを　ひとつ　えらんで　ください。（（　）中填入什麼？請從 1、2、3、4 中選出一個最適當的）

とい 1　机の左（　）社長のかばん（　）　あります。
（　）　1. で・が　　2. は・に　　3. で・は　　4. に・が

とい 2　犬は　庭（　）（　）。
（　）　1. に・あります　　2. に・います　　3. が・います　　4. が・あります

とい 3　社長は　飛行機（　）東京（　）行きます。
（　）　1. で・へ　　2. が・で　　3. に・を　　4. に・が

とい 4　おかあさんは　毎日　パン（　）コーヒーを　買います。
（　）　1. が　　2. で　　3. と　　4. に

とい 5　わたしは　日本語（　）辞書を　買います。
（　）　1. の　　2. が　　3. と　　4. に

とい 6　わたしは　毎日　１１時（　）寝ます。
（　）　1. で　　2. が　　3. に　　4. を

とい 7　A：「部屋に　誰（　）いますか。」
B：「いいえ、　誰も　いません。」
（　）　1. の　　2. が　　3. に　　4. は

とい 8　会社は　毎日　9時（　）午後5時（　）です。
（　）　1. で・で　　2. に・に　　3. から・まで　　4. まで・から

とい 9　あの人は　トイレ（　）新聞（　）読みます。
（　）　1. に・が　　2. に・を　　3. で・が　　4. で・を

とい 10　あのりんごは　あまり（　）です。
（　）　1. おいしい　　2. おいしくない　　3. あまい　　4. きれい

問題二　＿＿★＿＿に　はいるものは　どれですか。1・2・3・4から　いちばん　いい　ものを　ひとつ　えらんで　ください。（★中填入哪個？請從1、2、3、4中選出一個最適當的）

とい 1　あそこ＿＿＿　＿＿＿　＿★＿　＿＿＿です。
（　）　1. の　　2. おかあさん　　3. にわ　　4. は

とい 2　つくえのうえに＿＿＿　＿★＿　＿＿＿　＿＿＿あります。
（　）　1. パソコン　　2. が　　3. ノート　　4. や

とい 3　レストラン＿＿＿　＿★＿　＿＿＿　＿＿＿。
（　）　1. なんがい　　2. に　　3. ありますか　　4. は

とい 4　＿＿＿　＿＿＿　＿★＿　＿＿＿へ　いきます。
（　）　1. おとうとは　　2. どうぶつえん　　3. バスで　　4. おとうさんと

とい 5　わたしは　いえで＿＿＿　＿★＿　＿＿＿　＿＿＿のみます。
（　）　1. ビール　　2. を　　3. ひとり　　4. で

第 9 課　きのう　あめでした

単語（たんご）

2	きのう	昨日	昨天
3	おととい		前天
0	せんしゅう	先週	上週
1	せんげつ	先月	上個月
1	あめ	雨	雨
0	やおや	八百屋	蔬菜店
3	やすみ	休み	休息、休假
1	ほんや	本屋	書店
1	よいち	夜市	夜市
1	パン	pao	麵包
1	タクシー	taxi	計程車
1	もう		已經
0	れんきゅう	連休	連續假期
1	ちち	父	家父
1	はは	母	家母
1	ダイヤ	diamond	鑽石
0	ゆびわ	指輪	戒指
2	かみ	紙	紙
0	ばら		玫瑰

1	かぜ	風	風
2	はな	花	花
2	ゆき	雪	雪
2	わかい	若い	年輕的
2	さむい	寒い	寒冷的
2	あつい	暑い	炎熱的
4	おもしろい	面白い	有趣的、好笑的
2	すき	好き	喜歡
	つくります	作ります	作
	はじめます	始めます	開始
	ふります	降ります	下（雨、雪）
	さきます	咲きます	（花）開
	ふきます	吹きます	吹
	やみます		（雨、雪）停
	あげます	上げます	給
	もらいます	貰います	得到
	くれます		給

 補充單字 

3	チョコレート	chocolate	巧克力
1	どうぞ		請
	えっ		（表驚訝）

2	ありがとう		謝謝
3	ふゆやすみ	冬休み	寒假
0	ほっかいどう	北海道	北海道
3	ゆきまつり	雪祭り	雪祭
4	すばらしい	素晴らしい	極美、極優秀
1	いい		好的

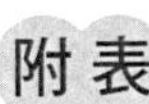
附表

時間(じかん)の言(い)い方(かた)

一昨年(おととし)	去年(きょねん)	今年(ことし)	来年(らいねん)	再来年(さらいねん)	毎年(まいとし)
先々月(せんせんげつ)	先月(せんげつ)	今月(こんげつ)	来月(らいげつ)	再来月(さらいげつ)	毎月(まいつき)
先々週(せんせんしゅう)	先週(せんしゅう)	今週(こんしゅう)	来週(らいしゅう)	再来週(さらいしゅう)	毎週(まいしゅう)
一昨日(おととい)	昨日(きのう)	今日(きょう)	明日(あした)	明後日(あさって)	毎日(まいにち)

文型

1. 名詞です。

	現在	過去
肯定	～です	～でした
否定	～じゃありません	～じゃありませんでした

雨(あめ)です。→雨(あめ)でした。

雨(あめ)じゃありません。→雨(あめ)じゃありませんでした。

例文

きのう　雨(あめ)　でした。

あの八百屋(やおや)　は　きのう　休(やす)み　じゃありませんでした。

【中 譯】

昨天是雨天。

那家蔬菜店昨天沒休息。

2. イ形容詞です。

	現在	過去
肯定	若(わか)い	若(わか)かった
否定	若(わか)くない	若(わか)くなかった

例文（れいぶん）

きのう　は　暑（あつ）かった　です。
寒（さむ）かった
暑（あつ）くなかった
寒（さむ）くなかった

【中 譯】

昨天熱。

昨天冷。

昨天不熱。

昨天不冷。

ナ形容詞です。

	現在	過去
肯定	～です	～でした
否定	～じゃありません	～じゃありませんでした

好（す）きです。→好（す）きでした。

好（す）きじゃありません。→好（す）きじゃありませんでした。

例文（れいぶん）

この本屋（ほんや）　は　静（しず）か　でした。

きれい

静（しず）か　じゃありませんでした。

きれい

【中 譯】

這書店以前安靜。
這書店以前漂亮。
這書店以前不安靜。
這書店以前不漂亮。

A：　夜市（よいち）　は　どうでしたか。

B：　賑（にぎ）やかでした。

面白（おもしろ）かったです。

【中 譯】

A：　夜市怎麼樣？
B：　熱鬧。
　　 好玩。

3. 動詞ます。

	現在	過去
肯定	～ます	～ました
否定	～ません	～ませんでした

作(つく)ります。→作(つく)りました。

作(つく)りません。→作(つく)りませんでした。

例文(れいぶん)

おととい　パン　を　作(つく)りました。

きのう　夜市(よいち)　に　行(い)きました。

先月(せんげつ)から　アルバイト　を　始(はじ)めました。

タクシーは　もう　来(き)ました。

連休(れんきゅう)に　どこへも　行(い)きませんでした。

【中 譯】

前天做麵包。

昨天去夜市。

上個月開始打工。

計程車已經來了。

連續假期哪裡也沒去。

4. 雨（あめ）　が　降（ふ）ります。

例文（れいぶん）

風（かぜ）　が　吹（ふ）きます。

花（はな）　　　咲（さ）きます。

雪（ゆき）　　　もう　やみました。

【中 譯】

下雨。
風吹。
花開。
雪已經停了。

5. 先週（せんしゅう）　父（ちち）　は　母（はは）　に　ダイヤの指輪（ゆびわ）　を　あげました。

例文（れいぶん）

わたし　は　先生（せんせい）　に／から　紙（かみ）　を　貰（もら）いました。

彼（かれ）　　　わたし　に　　　ばら　　　くれました。

【中 譯】

上週家父給家母鑽石戒指。
老師給我紙。
他給我玫瑰。

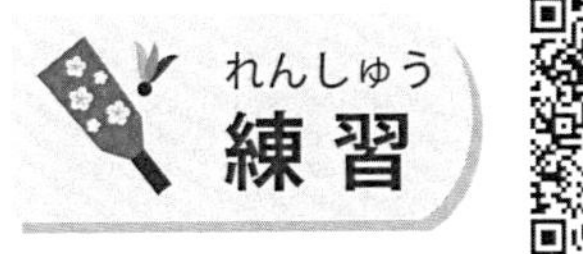

A：こんにちは。　このチョコレートを　どうぞ。

B：えっ、わたしに　くれますか。　ありがとう。

　冬休(ふゆやす)みに　どこへ　行(い)きましたか。

A：北海道(ほっかいどう)へ　行(い)きました。

B：北海道(ほっかいどう)は　どうでしたか。

A：寒(さむ)かったです。　雪(ゆき)が　降(ふ)りました。

B：雪祭(ゆきまつ)りを　見(み)ましたか。

A：ええ、見(み)ました。とても　素晴(すば)らしかったです。

B：それは　よかったですね。

【中 譯】

A：您好。這個巧克力送給你。

B：哦，送給我嗎？謝謝。

　寒假去了哪裡？

A：去了北海道。

B：北海道怎麼樣？

A：很冷。下雪了。

B：看了雪祭嗎？

A：看了。太棒了。

B：那真好。

文法解說

1. 本課介紹名詞、形容詞和動詞句型之時態變化。

名詞和ナ形容詞為助動詞「です」作變化；而イ形容詞為本身字尾的「い」作變化。動詞則是助動詞「ます」作變化。各規則詳見本課文。

2. 「に」本課介紹 2 種用法：若後面使用移動動詞，表示移動的目的地。

例如：わたしは　夜市（よいち）に　行（い）きました。（我去夜市。）

若後面動詞為「あげます」、「もらいます」、「くれます」…等，則表示動作的對象。

例如：わたしは　友達（ともだち）に　ケーキを　上（あ）げます。（我給朋友蛋糕。）

3. 「どこへも」和之前介紹的「なにも」、「だれも」一樣，後面一定接否定用法，表示完全否定。

4. 「あげます」、「もらいます」、「くれます」稱為「授受動詞」，表示物品在給予者和接受者之間移動。端看以甲或乙的立場發話所使用的動詞不同。「あげます」和「もらいます」用法如下說明：

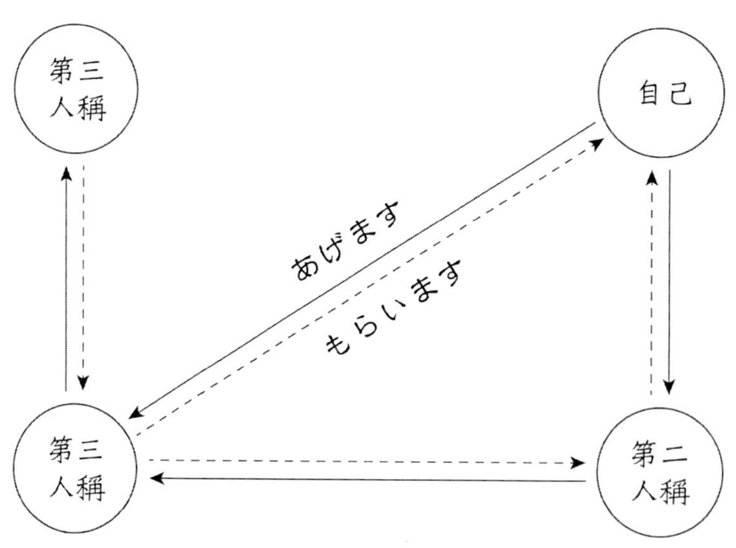

1. 實線表「あげます」，虛線表「もらいます」。基本句型各為：

給予者が 接受者に　物品を　あげます。

接受者が 給予者に（から）物品を　もらいます。

2. 使用「あげます」是以給予者的立場說話，接受者不能為自己；使用「もらいます」是以接受者為主語，給予者不能為自己。

3. 「くれます」的基本句型為：給予者が　接受者に　物品をくれます。

接受者除了自己以外，還有家人、親近的朋友和同事。

4. 對長輩、上司不適用此三個授受動詞，要使用有禮貌的說法，本書先略過。

一、文(ぶん)を書(か)いてください。（造句練習）

例(れい)：わたし／先週(せんしゅう)／ラーメン／食(た)べます

→ わたしは先週(せんしゅう)ラーメンを 食(た)べました。

1. 彼(かれ)／きのう／手紙(てがみ)／書(か)きます

→ ________________________________

2. 電車(でんしゃ)／もう／来(き)ます

→ ________________________________

3. おととい／雪(ゆき)／降(ふ)ります

→ ________________________________

4. あの居酒屋／きのう／休み　（否定）

→ ________________________________

5. この町／賑やか　（過去）

→ ________________________________

6. お母さん／若い　（否定）

→ ________________________________

二、正しい答えを選んでください。（請選出適當答案）

1. わたしは　友達に　CDを（あげます／くれます）。

2. あの人は　きのう　わたしに　ケーキを（くれました／もらいました）。

3. 林さんは　お母さんから　かばんを（あげました／もらいました）。

4. あなたは　お母さんに　何を（あげますか／もらいますか）。

5. 父は　わたしに　スマートフォンを（もらいました／くれました）。

6. わたしは　彼に　きれいな花を（もらいました／くれました）。

三、「形容詞」の練習(れんしゅう)

現在肯定	現在否定	過去肯定	過去否定
おいしい	おいしくない	おいしかった	おいしくなかった
大(おお)きい			
高(たか)い			
軽(かる)い			
小(ちい)さい			
広(ひろ)い			
安(やす)い			
甘(あま)い			
寒(さむ)い			
暑(あつ)い			
いい			
若(わか)い			
面白(おもしろ)い			
きれい	きれいではありません	きれいでした	きれいではありませんでした
静(しず)か			

現在肯定	現在否定	過去肯定	過去否定
便利（べんり）			
有名（ゆうめい）			
賑（にぎ）やか			
丈夫（じょうぶ）			
好（す）き			
立派（りっぱ）			

四、「動詞」の練習（れんしゅう）

現在肯定	現在否定	過去肯定	過去否定
行（い）きます	行（い）きません	行（い）きました	行（い）きませんでした
来（き）ます			
帰（かえ）ります			
休（やす）みます			
勉強（べんきょう）します			
食（た）べます			
飲（の）みます			
見（み）ます			

現在肯定	現在否定	過去肯定	過去否定
します			
買（か）います			
書（か）きます			
聞（き）きます			
読（よ）みます			
あげます			
貰（もら）います			
くれます			
降（ふ）ります			
咲（さ）きます			
吹（ふ）きます			

豆知識

❖ 成人の日（成人式）

「慶祝成年並使年輕人自覺自力更生的責任感」而定為國定假日。原舊曆 1 月 15 日為「小過年」，古時候在此日舉行「成人式」。二次大戰結束後，為鼓勵年輕人擔任起復國大任，舉辦「青年祭」，後成為國定假日。原本為 1 月 15 日，後改為 1 月的第二個星期一，由各地市區公所為年滿 20 歲（前一年 4 月 1 日至當年 3 月 31 日）者舉行成人式。

第10課　わたしは　おかねが ほしいです

単語（たんご）

1	りょこう	旅行	旅行
0	うんどう	運動	運動
0	すいえい	水泳	游泳
1	テニス	tennis	網球
	ケンディン	墾丁	墾丁
1	うみ	海	海
3	かんこうきゃく	観光客	觀光客
0	ところ	所	地方
	ツアーガイド	tour guide	旅行團導遊
0	しかく	資格	資格
0	じかん	時間	時間
1	きょうだい	兄弟	兄弟姊妹、手足
0	おかね	お金	錢
3	オートバイ	auto bike/motorcycle	摩托車
5	デジタル (カメラ)	digital (camera)	數位相機
2	プレゼント	present	禮物
2	ふく	服	衣服
3	たんじょうび	誕生日	生日
0	きもの	着物	和服

0	おちゃ	お茶	茶
3	しんかんせん	新幹線	新幹線
0	しごと	仕事	工作
0	きらい	嫌い	討厭的
3	じょうず	上手	高明
2	へた	下手	笨拙的
3	おおい	多い	多的
	ほしい		想
	きます	着ます	穿
	のります	乗ります	搭乘

補充單字

2	いし	石	石頭
2	いろ	色	顏色
1	ピンク	pink	粉紅色
1	くろ	黒	黑色
	ファーリェン	花蓮	花蓮
	タロコこくりつこうえん	太魯閣国立公園	太魯閣國家公園
3	だいりせき	大理石	大理石
3	たくさん		很多
1	けしき	景色	風景

3	せんじゅうみん	先住民	原住民
	アミぞく	阿美族	阿美族
	タイヤルぞく	泰雅族	泰雅族
0	ひので	日の出	日出
2	あおい	青い	藍色的、青色的
4	うつくしい	美しい	美麗的

文型(ぶんけい)

1. 表好惡

わたし　は　旅行(りょこう)　が　好(す)きです。

わたし　は　運動(うんどう)　が　嫌(きら)いです。

【中 譯】

我喜歡旅行。

我討厭運動。

表特長

わたし　は　水泳(すいえい)　が　上手(じょうず)です。

わたし　は　テニス　が　下手(へた)です。

【中 譯】

我游泳很行。

我網球打不好。

表特徵、評價

墾丁(ケンディン)　は　海(うみ)　が　きれいです。

墾丁(ケンディン)　は　観光客(かんこうきゃく)　が　多(おお)いです。

墾丁(ケンディン)　は　どんな　所(ところ)　ですか。

【中 譯】

墾丁的海漂亮。

墾丁觀光客多。

墾丁是怎樣的地方？

2. わたし　は　ツアーガイドの　資格（しかく）　が　あります。

例文（れいぶん）

わたし　は　兄弟（きょうだい）　が　います。
山田（やまだ）さん　お金（かね）　あります。
お母（かあ）さん　時間（じかん）　ありません。

【中 譯】
我有旅行團導遊的資格。
我有兄弟姊妹。
山田先生有錢。
媽媽沒有時間。

3. わたし　は　オートバイ　が　ほしいです。

例文（れいぶん）

わたし　は　デジタルカメラ　が　ほしかったです。
プレゼント　ほしくないです。
服（ふく）　ほしくなかったです。
あなた　誕生日（たんじょうび）に　何（なに）　ほしいですか。

【中 譯】
我想要機車。
我想要數位相機。
我不想要禮物。
我不想要衣服。
你生日時想要什麼？

4. わたしは　着物(きもの)が／を　着(き)たいです。

例文(れいぶん)

わたし　は	お茶(ちゃ)	を	飲(の)みたくないです。
	仕事(しごと)	を	したくなかったです。
	日本(にほん)の　新幹線(しんかんせん)	に	乗(の)りたかったです。

【中 譯】

我想穿和服。

我不想喝茶。

我想搭乘日本的新幹線。

我不想工作。

A：この石(いし)は　色(いろ)が　ピンクと　黒(くろ)で、何(なん)の石(いし)ですか。

B：これは　花蓮(ファーリェン)の　石(いし)です。

A：花蓮(ファーリェン)は　太魯閣国立公園(タロコこくりつこうえん)が 大変(たいへん)　有名(ゆうめい)ですね。

B：はい。あそこは　景色(けしき)が　きれいです。　大理石(だいりせき)も　たくさん　あります。わたしは　あそこが　好(す)きです。

A：花蓮(ファーリェン)は　先住民(せんじゅうみん)が 多(おお)いですか。

B：はい。先住民(せんじゅうみん)は　阿美族(アミぞく)や泰雅族(タイヤルぞく)などが　います。

A：花蓮(ファーリェン)へ　行(い)きたいです。

B：花蓮(ファーリェン)は　海(うみ)が　青(あお)くて、日(ひ)の出(で)も　美(うつく)しいです。

【中譯】

A：這石頭顏色是粉紅色和黑色，是什麼石頭呢？

B：這是花蓮的石頭。

A：花蓮的太魯閣國家公園很有名。

B：是的。那裡風景美。也有很多大理石。我喜歡那裡。

A：花蓮的原住民多嗎？

B：是的。原住民有阿美族和泰雅族等。

A：我想去花蓮。

B：花蓮的海是藍色的，日出也美。

文法解說

1. 「～は～が～」：用於介紹或強調整體中的某部分，例如：①特徵；②興趣、喜好；③專長。主體後面的助詞用「は」，而特別提出的部分後面用助詞「が」。

   例句：弟(おとうと)は　背(せ)が　高(たか)いです。（弟弟的身高高。）

   　　（主體）（部分）

2. 「ほしい」、「～たい」：皆表示願望、期望。「ほしい」前面為名詞，動作的願望、期望則是動詞ます形去除「ます」換上「たい」。

   例如：行(い)きます→行(い)きたい

3. 「どんな」：疑問詞。

   ① 就某件事物請求對方描述時。

   例：あれはどんな映画(えいが)ですか。

   ② 大範圍中請求提出其中某具體事物時。

   例：どんなスポーツが好(す)きですか。

一、文(ぶん)を書(か)いてください。（造句練習）

例(れい)：父(ちち)／お酒(さけ)／好(す)き

→父(ちち)は　お酒(さけ)が　好(す)きです。

1. 弟(おとうと)／水泳(すいえい)／上手(じょうず)

→ ______________________________

2. 台湾(たいわん)／夜市(よいち)／有名(ゆうめい)

→ ______________________________

3. わたし／パソコン／ありません

→ ______________________________

4. わたし／時間(じかん)／ほしいです

→ ______________________________

5. あの人(ひと)／犬(いぬ)／好(す)き

→ ______________________________

6. わたし／何(なに)か／食(た)べたいです

→ ______________________________

7. あなた／何／飲みたいですか

→ ______________________________

8. わたし／何も／食べたくないです

→ ______________________________

二、に正しい答えを書いてください。（請在 □ 寫出正確答案）

1. お姉さん □ 鞄 □ あります。

2. あの人 □ 弟 □ いません。

3. お父さん □ お酒 □ 好きでは　ありません。

4. 彼女 □ テニス □ 上手です。

5. わたし □ 彼 □ あまり　好きでは　ありません。

6. わたし □ デジタルカメラ □ ほしいです。

三、「～たい」の練習（れんしゅう）

例：行（い）きます→行（い）きたい

～ます	～たい	～たくない	～たかった	～たくなかった
乗（の）ります				
帰（かえ）ります				
休（やす）みます				
食（た）べます				
飲（の）みます				
見（み）ます				
します				
買（か）います				
着（き）ます				
聞（き）きます				
作（つく）ります				
勉強（べんきょう）します				

豆知識

❖ 節分（節分）

每年的2月3日立春的前一天晚上稱為「節分」，習俗上要在家中撒大豆。一邊高聲喊著「鬼は外、福は内」（鬼離開，福氣進來）一邊撒大豆。

第11課　なつは　はるより　あついです

単語（たんご）

2	なつ	夏	夏天
1	あき	秋	秋天
2	ふゆ	冬	冬天
3	クリスマス	Christmas	聖誕節
5	おしょうがつ	お正月	過年
1	いつ		什麼時候
3	なんようび	何曜日	星期幾
	ユイシャン	玉山	玉山
	ふじさん	富士山	富士山
	シュエシャン	雪山	雪山
	きょうと	京都	京都
	さっぽろ	札幌	札幌
0	じんこう	人口	人口
0	れっしゃ	列車	列車
	ぎゅうにくめん	牛肉麵	牛肉麵
5	アイスクリーム	ice cream	冰淇淋
2	スポーツ	sports	運動
2	いちねん	一年	一年
2	きせつ	季節	季節

2	くだもの	果物	水果
1	クラス	class	班級
2	はやい	速い	快的
2	いちばん	一番	最

補充單字

1	はる	春	春天
1	すぐ		立刻
0	さくら	桜	櫻花
	ごろ	頃	左右
2	はやい	早い	早的
1	ちょっと		一點

附表

曜日（星期）					
3	月曜日	星期一	3	金曜日	星期五
2	火曜日	星期二	2	土曜日	星期六
3	水曜日	星期三	3	日曜日	星期日
3	木曜日	星期四	3	何曜日	星期幾

にち 日（日）			
ついたち 1日	じゅういちにち 11日	にじゅういちにち 21日	さんじゅういちにち 31日
ふつか 2日	じゅうににち 12日	にじゅうににち 22日	
みっか 3日	じゅうさんにち 13日	にじゅうさんにち 23日	なんにち 何日
よっか 4日	じゅうよっか 14日	にじゅうよっか 24日	
いつか 5日	じゅうごにち 15日	にじゅうごにち 25日	
むいか 6日	じゅうろくにち 16日	にじゅうろくにち 26日	
なのか 7日	じゅうしちにち 17日	にじゅうしちにち 27日	
ようか 8日	じゅうはちにち 18日	にじゅうはちにち 28日	
ここのか 9日	じゅうくにち 19日	にじゅうくにち 29日	
とおか 10日	はつか 20日	さんじゅうにち 30日	

つき 月（月）			
いちがつ 1月	しがつ 4月	しちがつ 7月	じゅうがつ 10月
にがつ 2月	ごがつ 5月	はちがつ 8月	じゅういちがつ 11月
さんがつ 3月	ろくがつ 6月	くがつ 9月	じゅうにがつ 12月

文型（ぶんけい）

1. クリスマス　は　12月25日（じゅうにがつにじゅうごにち）　です。

例文（れいぶん）

日本（にほん）のお正月（しょうがつ）	は	一月一日（いちがつついたち）	です。
今日（きょう）		水曜日（すいようび）	
今日（きょう）		何曜日（なんようび）	ですか。
台湾（たいわん）のお正月（しょうがつ）		いつ	

【中譯】

聖誕節是 12 月 25 日。
日本的新年是 1 月 1 號。
今天是星期三。
今天是星期幾？
台灣的新年是什麼時候？

2. 12月（じゅうにがつ）　は　11月（じゅういちがつ）　より　寒（さむ）いです。

例文（れいぶん）

夏（なつ）台北（たいぺい）	は	高雄（カオシュン）	より	暑（あつ）いです。
玉山（ユイシャン）		富士山（ふじさん）		高（たか）いです。
東京（とうきょう）		大阪（おおさか）		人口（じんこう）が多（おお）いです。

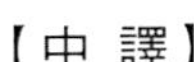

【中 譯】

12 月比 11 月冷。

夏天台北比高雄熱。

玉山比富士山高。

東京比大阪人口多。

3. 大阪(おおさか)　は　高雄(カオシュン)　ほど　広(ひろ)くないです。

例文(れいぶん)

雪山(シュエシャン)　は　富士山(ふじさん)　ほど　有名(ゆうめい)じゃありません。

高雄(カオシュン)　秋(あき)　京都(きょうと)　きれいじゃありません。

東京(とうきょう)　冬(ふゆ)　札幌(さっぽろ)　雪(ゆき)が多(おお)くないです。

【中 譯】

大阪沒高雄大。

雪山沒富士山有名。

高雄秋天沒京都漂亮。

東京冬天沒札幌雪多。

4. 新幹線(しんかんせん)　と　列車(れっしゃ)　と　どちらが　速(はや)いです　か。

新幹線(しんかんせん)　のほうが　速(はや)いです。

例文(れいぶん)

A：パスタ　と　牛肉麺(ぎゅうにくめん)　と　どちらが　好(す)きですか。

B：牛肉麺(ぎゅうにくめん)　のほうが　好(す)きです。

A：ケーキ　と　アイスクリーム　と　どちらが　食(た)べたいですか。

B：どちらも　食(た)べたいです。

【中 譯】

新幹線和列車哪一個比較快？

新幹線比較快。

A：義大利麵和牛肉麵哪一個比較喜歡？

B：牛肉麵比較喜歡。

A：蛋糕和冰淇淋哪一個比較想吃？

B：兩個都想吃。

5. スポーツ（の中）で　何が　一番　上手ですか。

テニス　が　一番　上手です。

例文

A：一年　で　いつ　が　一番　好きですか。

B：どの　季節　も　好きです。

A：果物　で　何　が　一番　好きですか。

B：何でも　好きです。

家族　で　誰　が　一番　若いですか。

【中 譯】

運動中哪一種你最拿手？

網球最拿手。

A：一年裡什麼時候最喜歡？

B：哪個季節都喜歡。

A：水果中最喜歡什麼？

B：都喜歡。

班級中誰最年輕？

A：春(はる)ですね。もうすぐ　桜(さくら)が　咲(さ)きます。

B：桜(さくら)が　見(み)たいです。桜(さくら)は　いつが　一番(いちばん)　きれいですか。

A：四月頃(しがつごろ)　一番(いちばん)　きれいです。

B：日本(にほん)で　どこが　桜(さくら)が　一番(いちばん)　有名(ゆうめい)ですか。

A：どこも　有名(ゆうめい)です。

B：東京(とうきょう)と　京都(きょうと)と　どちらが　早(はや)いですか。

A：京都(きょうと)のほうが　ちょっと　早(はや)いです。

【中譯】

A：春天了。櫻花快開了。

B：想看櫻花。櫻花什麼時候最漂亮呢？

A：4月左右最漂亮。

B：在日本哪裡的櫻花最有名呢？

A：哪裡都有名。

B：東京和京都哪裡的櫻花較早呢？

A：京都比較早一點。

文法解說

1. 「より」為二者作比較時的基準。例如：「１２月は　１１月より　寒いです。」（12 月比 11 月冷。）是以 11 月為基準來比較。

2. 「ほど」表二者中的最高程度，後接否定用法。

3. 「どちら」用於二者作比較或選擇，故二者皆同或皆選擇時使用「どちらも」。

4. 大領域中作比較時，全選時使用「どの N+ も」或「何でも」。例如：

   果物で　何が　一番　好きですか。（水果中最喜歡什麼？）

   どの果物も　好きです。／　何でも　好きです。（都喜歡。）

宿題

一、答えてください。（請回答下列問題）

1. 今日は　何曜日ですか。

→ ______________________________

2. お誕生日は　いつですか。

→ ______________________________

3. 一年の中で　いつが　一番　好きですか。

→ ______________________________

4. クリスマスと　お正月と　どちらが　賑やかですか。

→ ______________________________

5. パソコンと　スマートフォンと　どちらが　ほしいですか。

→ ______________________________

6. 台湾の料理で　何が　一番　食べたいですか。

→ ______________________________

7. 日本(にほん)と　韓国(かんこく)と　どちらが　人口(じんこう)が多(おお)いですか。

→ ＿＿＿＿＿＿＿＿＿＿＿＿＿＿＿＿＿＿＿＿＿＿＿＿

8. 台湾(たいわん)で　どこが　一番(いちばん)　行(い)きたいですか。

→ ＿＿＿＿＿＿＿＿＿＿＿＿＿＿＿＿＿＿＿＿＿＿＿＿

9. 時間(じかん)と　お金(かね)と　どちらが　ほしいですか。

→ ＿＿＿＿＿＿＿＿＿＿＿＿＿＿＿＿＿＿＿＿＿＿＿＿

10. 台湾(たいわん)のお正月(しょうがつ)は　いつですか。

→ ＿＿＿＿＿＿＿＿＿＿＿＿＿＿＿＿＿＿＿＿＿＿＿＿

台湾(たいわん)と日本(にほん)の祝日(しゅくじつ)

日本與台灣都是週休二日，除了週末，各有哪些國定假日呢？整理如下：

❖ 台灣－

元旦	1月1日	中華民國開國紀念日。
春節	不一定	除夕和農曆一月一日至一月三日。
和平紀念日	2月28日	悼念228事件
清明節	4月5日	掃墓祭祖。
端午節	不一定	農曆五月五日
中秋節	不一定	農曆八月十五日
國慶日	10月10日	武昌起義紀念日

❖ 日本－

元日	1月1日	慶祝一年的開始。
成人の日	1月の第2月曜日	慶祝成年並使年輕人自覺自力更生的責任感。
建国記念の日	2月11日	明治天皇以日本歷史上第一個天皇－神武天皇即位之日（西元前660年2月11日）制訂為建國紀念日，以培養國民的愛國心。
春分の日	3月21日	讚頌自然，珍惜生物。
昭和の日	4月29日	紀念昭和天皇。（原昭和天皇的生日）
憲法記念日	5月3日	日本憲法施行紀念日。
みどりの日	5月4日	親近自然，對自然懷感謝之心，培養豐富的心靈。
こどもの日	5月5日	兒童節。
海の日	7月の第3月曜日	日本為海洋國家，故特別感謝大海資源。
敬老の日	9月の第3月曜日	敬老節。
秋分の日	9月23日	懷念先組。

体育の日	10月の第２月曜日	提倡運動以有強健體魄。
文化の日	11月３日	提倡自由與和平，推動文化發展。（原明治天皇的生日，因明治天皇推行「明治運動」）
勤労感謝の日	11月23日	感謝國民勤奮工作努力生產。
天皇誕生日	12月23日	慶祝平成天皇生日。

第12課　ドイツへ　あそびに　いきます

単語（たんご）

0	ことし	今年	今年
0	らいねん	来年	明年
1	はたち	二十歳	20 歲
1	てんき	天気	天氣
2	おばあさん	お祖母さん	祖母
2	おじいさん	お祖父さん	祖父
1	げんき	元気	健康的
1	しょうらい	将来	將來
0	イタリア	Italia	義大利
0	ドイツ	Germany	德國
1	おんがく	音楽	音樂
1	えき	駅	車站
2	じむしつ	事務室	辦公室
0	しゅっちょう	出張	出差
0	かいもの	買い物	購物
0	ピアノ	piano	鋼琴
2	うた	歌	歌曲
2	おかし	お菓子	點心、零食
3	せつめいしょ	説明書	說明書

1	ほんだな	本棚	書架
1	なります		變成、成為
0	あそびます	遊びます	遊戲、玩
0	むかえます	迎えます	迎接
2	あるきます	歩きます	步行、走
0	ひきます	弾きます	彈
0	くみたてます	組み立てます	組合
1	ならいます	習います	學習
0	うたいます	歌います	唱歌

補充單字

	おめでとうございます		恭喜
0	べんきょう	勉強	學習、用功
0	ぶっか	物価	物價
2	えらい	偉い	偉大、厲害

文型（ぶんけい）

1. 今年（ことし）　は　二十歳（はたち）　に　なります。

例文（れいぶん）

わたし　は　大学生（だいがくせい）　に　なりました。

明日（あした）　天気（てんき）が　よく　なります。

おばあさん　元気（げんき）　に　なりました。

将来（しょうらい）　何（なに）　に　なりたいですか。

【中譯】

今年 20 歲。

我成為大學生了。

明天天氣會變好。

祖母變健康了。

將來想成為什麼？

2. 妹（いもうと）　は　イタリア　へ　音楽（おんがく）を習（なら）い　に　行（い）きます。

例文（れいぶん）

わたし　は　駅（えき）へ　友達（ともだち）を　迎（むか）え　に　行（い）きます。
来年（らいねん）　日本（にほん）へ　遊（あそ）び　行（い）きたいです。
父（ちち）　ドイツへ　出張（しゅっちょう）　行（い）きました。
母（はは）　弟（おとうと）と　デパートへ　買（か）い物（もの）　行（い）きます。
先生（せんせい）の　事務室（じむしつ）へ　何（なに）をし　行（い）きますか。

【中 譯】

妹妹去義大利學音樂。
我去車站接朋友。
我明年想去日本玩。
爸爸去德國出差了。
媽媽和弟弟去百貨公司買東西。
去老師的辦公室做什麼？

3. 妹（いもうと）　は　ピアノを弾（ひ）き　ながら　歌（うた）を歌（うた）います。

例文（れいぶん）

弟（おとうと）　は　歩（ある）き　ながら　音楽（おんがく）を　聞（き）きます。
おじいさん　テレビを　見（み）　お菓子（かし）を　食（た）べます。
わたし　説明書（せつめいしょ）を　読（よ）み　本棚（ほんだな）を　組（く）み立（た）てます。

【中 譯】

妹妹一邊彈琴一邊唱歌。
弟弟一邊走路一邊聽音樂。
祖父一邊看電視一邊吃零食。
我一邊看說明書一邊組書架。

A：今日(きょう)は　わたしの　誕生日(たんじょうび)です。

B：誕生日(たんじょうび)　おめでとう　ございます。何歳(なんさい)に　なりますか。

A：二十歳(はたち)に　なりました。

B：将来(しょうらい)　何(なに)に　なりたいですか。

A：ツアーガイドに　なりたいです。日本(にほん)へ　ツアーガイドの　勉強(べんきょう)をしに　行(い)きたいです。

B：日本(にほん)は 物価(ぶっか)が　高(たか)いですね。

A：ええ、わたしは　アルバイトを　しながら　勉強(べんきょう)したいです。

B：偉(えら)いですね。

【中 譯】

A：今天是我的生日。

B：生日快樂。幾歲了？

A：20 歲了。

B：將來想成為什麼呢？

A：想當團體導遊。想去日本念團體導遊。

B：日本的物價高耶。

A：是啊，我想一邊打工一邊讀書。

B：好厲害呀。

文法解說

1. 「に　なります」：表示變化、成為之意。前面可放名詞、形容詞。
2. 「に」助詞，表目的，說明去某個地方的目的。

   例如：「デパートへ　買い物に　行きます。」（去百貨公司買東西。）去百貨公司的目的是「買東西」。
3. 「に」的前面可放動詞和名詞。若為動詞，動詞「マス形」的字尾「マス」去掉。

   例如：音楽を習います→音楽を習いに

   若為名詞時，一定是帶有動作的名詞。例如：出張に
4. 「ながら」：一邊…一邊…。表 2 個動作同時進行。前面的動詞為動詞「マス形」，字尾的「マス」去掉之型態。

   例如：歩きます→歩きながら音楽を聞きます。

宿題

一、文を書いてください。（造句練習）

例：デパートへ　行きます。（ラーメンを食べます）

→デパートへ　ラーメンを　食べに　行きます。

1. わたしは　日本へ　行きたいです。（桜を見ます）

→ ______________________________

2. わたしは　ドイツへ　行きました。（ビールを飲みます）

→ ______________________________

3. 明日　天気が（寒い）なります。

→ ______________________________

4. 将来　ツアーガイドに（なります）。

→ ______________________________

5. 彼女は（きれい）なりました。

→ ______________________________

6. 弟は（ご飯を食べます）（テレビを見ます）

→ ______________________________

7. 林(りん)さんは（勉強(べんきょう)します）（音楽(おんがく)を聞(き)きます）

→ ＿＿＿＿＿＿＿＿＿＿＿＿＿＿＿＿＿＿＿＿

8. （歩(ある)きます）（スマートフォンを見(み)ます）

→ ＿＿＿＿＿＿＿＿＿＿＿＿＿＿＿＿＿＿＿＿

9. 妹(いもうと)は（歌(うた)を歌(うた)います）（遊(あそ)びます）

→ ＿＿＿＿＿＿＿＿＿＿＿＿＿＿＿＿＿＿＿＿

10. おじいさんは　図書館(としょかん)へ　行(い)きます。（本(ほん)を読(よ)みます）

→ ＿＿＿＿＿＿＿＿＿＿＿＿＿＿＿＿＿＿＿＿

豆知識

❖ ひな祭(まつ)り（女兒節）

3 月 3 日是女兒節，祈求家中女兒能健康成長。在紅色的人偶壇上擺設人偶，一般有三層，最上層擺天皇皇后的人偶，中層擺三位宮女，下層擺五位演奏人偶。

此節日據說由中國傳入，江戶時期開始有擺設人偶的習慣。在女兒節之前佈置好人偶壇，女兒節一過就要立即撤下來，因為傳說若不立即撤下來，家中女兒長大後會晚婚。

第13課　およぐことが　できます

単語（たんご）

1	パーティー	party	宴會
0	（お）さら	（お）皿	盤子
0	さかな	魚	魚
0	フライパン	fry-pan	平底鍋
0	りょかん	旅館	旅館
2	やま	山	山
0	しゅうまつ	週末	週末
1	しゅみ	趣味	興趣、愛好、趣味
2	こと		事情
0	くるま	車	車
3	たまに	偶に	偶爾
3	ときどき	時々	有時、時常
0	ジョギング	jogging	慢跑
1	カード	card	卡片
2	いけ	池	池塘
0	おくる	送る	送、寄
0	つかう	使う	使用
0	やく	焼く	燒、烤
0	とまる	泊まる	住宿

0	のぼる	登る	登、上升
0	あらう	洗う	洗
1	とる	撮る	拍照、攝影
3	あつめる	集める	收集、集中
2	はなす	話す	說
2	できます		會、能、可以
0	うんてんする	運転する	駕駛
2	およぐ	泳ぐ	游泳
0	つる	釣る	釣（魚）

補充單字

0	いしゃ	医者	醫生
0	うんどうする	運動する	運動
6	バスケットボール	basketball	籃球
1	よく		經常
1	こんど	今度	下次、這次

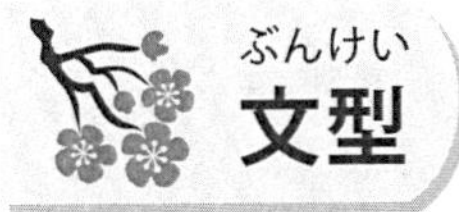

文型(ぶんけい)

1. 動詞辞書形(どうしじしょけい)

グループ	マス形	辞書形	マス形	辞書形
I	使(つか)います	使(つか)う	死(し)にます	死(し)ぬ
	焼(や)きます	焼(や)く	遊(あそ)びます	遊(あそ)ぶ
	泳(およ)ぎます	泳(およ)ぐ	飲(の)みます	飲(の)む
	話(はな)します	話(はな)す	送(おく)ります	送(おく)る
	持(も)ちます	持(も)つ		
II	起(お)きます	起(お)きる	集(あつ)めます	集(あつ)める
	着(き)ます	着(き)る	寝(ね)ます	寝(ね)る
III	来(き)ます	来(く)る	します	する

2. これ　は　友達(ともだち)に　送(おく)る　プレゼントです。

例文(れいぶん)

これ　は　パーティーで　使(つか)う　お皿(さら)　です。

これ　魚(さかな)を　焼(や)く　フライパン

あれ　この週末(しゅうまつ)に　泊(と)まる　旅館(りょかん)

【中 譯】

這是要送朋友的禮物。
這是宴會要用的盤子。
這是煎魚的平底鍋。
那是這個週末要住的旅館。

3. わたしの　アルバイト　は　お皿を　洗う　ことです。

例文

わたしの趣味　は　山に　登る　ことです。
わたしの趣味　写真を　撮る
わたしの趣味　切手を　集める

【中 譯】

我的打工是洗盤子。
我的興趣是登山。
我的興趣是照相。
我的興趣是收集郵票。

4. わたし　は　日本語を　話す　ことが　できます。

例文

わたし　は　車を　運転する　ことが　できます。
妹　ピアノを　弾く
わたし　泳ぐ　ことが　できません。
弟　自転車に　乗る

【中 譯】

我會説日語。
我會開車。
妹妹會彈鋼琴。
我不會游泳。
弟弟不會騎腳踏車。

5. わたし　は　たまに　タクシーに乗(の)る　ことが　あります。

わたし　は　時々(ときどき)　ジョギングをする　ことが　あります。

妹(いもうと)　たまに　友達(ともだち)に　カードを書(か)く

父(ちち)　たまに　池(いけ)で　魚(さかな)を釣(つ)る

【中 譯】

我偶爾搭乘計程車。
我有時慢跑。
妹妹偶爾寫卡片給朋友。
爸爸偶爾在水池釣魚。

練習

林：初めまして。わたしは　ツアーガイドの林です。どうぞ　よろしく。

佐藤：初めまして。佐藤です。

　　よろしく　お願いします。

林：お仕事は。

佐藤：わたしは　医者です。

林：佐藤さんの　趣味は 何ですか。

佐藤：わたしの　趣味は　運動することです。

林：佐藤さんは　バスケットボールが　できますか。

佐藤：はい。よく　します。

林：わたしは　友達と　バスケットボールをすること　が　あります。

　　今度　一緒に　しませんか。

佐藤：はい、一緒に　しましょう。

【中譯】

林：初次見面。我是團體導遊敝姓林。請多指教。

佐藤：初次見面。我叫佐藤。請多指教。

林：您的工作是什麼？

佐藤：我是醫生。

林：佐藤小姐的興趣是什麼？

佐藤：我的興趣是運動。

林：佐藤小姐會打籃球嗎？

佐藤：會。經常打。

林：我和朋友打籃球。下次一起打球好嗎？

佐藤：好，一起打吧。

文法解說

1. 「V 辞書形」：也有人稱之為動詞原形。日語的動詞可分為 3 組。

動詞 I （五段動詞）	1. 語尾為“う段”（除了ゆ以外） ex：買う、行く、指す、立つ、死ぬ、飛ぶ、飲む、帰る 2. V＋ます時，語尾變成い段 ex：買う→買います；行く→行きます
動詞 II （一般動詞）	1. 語尾為“る” 2. 語幹＝漢字＋い段／え段 ex：食べる、起きる、寝る、見る 3. V＋ます時，直接去“る”即可 ex：食べる→食べます；起きる→起きます
動詞 III （不規則動詞）	する、来る ex：する→します；来る→来ます

2. 「V 辞書形」可置於名詞之前修飾名詞之用。

3. 在句中的小句子裡的動詞使用「V 辞書形」之型態。

4. 「～ことができます」：適用下列情況。

①表示能力－例：英語を話すことができます。（會說英文）

②表許可、規定－例：図書館で走ることができません。（在圖書館不可以跑步）

本課著重①的用法。

5. 「～ことがあります」：表示特別之事或平時不常有的事。

宿題

一、文を書いてください。（造句練習）

例：先生（　）趣味（　）切手（　）集めることです。
→ 先生（の）趣味（は）切手（を）集めることです。

1. これは　パーティー（　）食べるケーキです。

2. あの人は　英語（　）日本語を　話すことが（　　　　　　　）。

3. わたしは　自転車（　）乗ること（　）できません。

4. わたしは　たまに　ケーキを　作ることが（　　　　　　　）。

5. それは　朝（飲み・飲む）コーヒーです。

6. 父は　時々　雑誌（　）読むことが（　　　　　　　）。

7. 彼の趣味は　列車（　）写真（　）撮ることです。

8. おじいさんの趣味は　魚を（釣る・釣ります）ことです。

豆知識

しゅんぶん　ひ
❖ 春分の日（春分）

自古天皇在春分時舉行春季皇靈祭，後訂為國定假日。春分的日期每年不同，依國立天文台之計算為準，但約在 3 月 20 或 21 日。

はなみ
❖ お花見（賞櫻花）

日本的學制是從每年的 4 月為學年或年度的開始，4 月初各級學校紛紛開學，而剛踏入社會的新鮮人也在此時進入公司上班，因此日本人重視這一個人生新的階段的開始。此時學校的開學式，可以見到家長帶著新入學的小孩穿戴正式的衣服參加典禮。而各公司也會在這時期擇一天舉行歡迎新進職員的活動。

這個時期正好櫻花盛開，到各地的公園賞櫻花是此季節的一件大事。與三五好友、或是與公司同事、或是情侶、家人，在櫻花樹下，一邊賞花，一邊飲酒、唱歌、聊天，其盛況不輸園遊會。

第14課　ぜいかんをとおって、くうこうをでます

単語（たんご）

1	は	歯	牙齒
1	て	手	手
0	かお	顔	臉
1	いつも		總是
1	にもつ	荷物	行李、貨物
1	シャワー	shower	淋浴
0	やさい	野菜	蔬菜
5	おうだんほどう	横断歩道	人行道、斑馬線
0	みち	道	道路
1	あに	兄	家兄
0	あね	姉	家姊
4	りょこうがいしゃ	旅行会社	旅行社
1	かじ	家事	家事
1	きょねん	去年	去年
0	みがく	磨く	磨、刷
4	かたづける	片付ける	整理、收拾
0	あびる	浴びる	沐浴、遭蒙、曬
1	きる	切る	切、剪
1	でる	出る	出去、離開、出發

1	あう	会う	遇見、見面
1	たつ	立つ	站立
1	まつ	待つ	等待
0	ならぶ	並ぶ	排列
0	わたる	渡る	渡、傳
3	そうじする	掃除する	掃除、清除
1	もつ	持つ	拿、攜帶、持有
1	すむ	住む	居住
0	けっこんする	結婚する	結婚
0	さんぽする	散歩する	散步

補充單字

7	にゅうこくてつづき	入国手続き	入境手續
0	せつめいする	説明する	說明
1	よく		仔細地、充分地
1	まず		首先、最初
5	にゅうこくカード	入国カード	入境申請書
5	にゅうこくしんさ	入国審査	入境審查
3	パスポート	passport	護照
2	みせる	見せる	給看、顯示
1	とる	取る	拿、取
0	ぜいかん	税関	海關

1	とおる	通る	通過
0	くうこう	空港	機場

1. 動詞テ形

グループ	辞書形	テ形	辞書形	テ形
I	会(あ)う	会(あ)って	死(し)ぬ	死(し)んで
	磨(みが)く	磨(みが)いて	並(なら)ぶ	並(なら)んで
	泳(およ)ぐ	泳(およ)いで	住(す)む	住(す)んで
	話(はな)す	話(はな)して	切(き)る	切(き)って
	待(ま)つ	待(ま)って	行(い)く	行(い)って
II	浴(あ)びる	浴(あ)びて	見(み)せる	見(み)せて
	着(き)る	着(き)て	出(で)る	出(で)て
III	来(く)る	来(き)て	する	して

2. わたしは　寝る　前に　歯を　磨きます。

例文

わたしは　いつも　学校へ　行く　前に　朝ご飯を　食べます。

食事　の前に　手を　洗います。

旅行　荷物を　片付けます。

【中譯】

我睡覺前刷牙。

我總是去學校前吃早餐。

吃飯前洗手。

旅行前整理行李。

3. 毎朝　運動を　して（から）シャワーを　浴びます。

例文

いつも　家へ　帰っ　てから　手と顔を　洗います。

わたしは野菜を洗っ　て　母は野菜を切ります。

わたしは家を出　友達に会いに駅へ行きます。

【中譯】

每天早上運動完後沖澡。

都是回家後就洗手和臉。

我洗菜，媽媽切菜。

我離開家，去車站和朋友見面。

4. ここに　立(た)って　下(くだ)さい。

例文(れいぶん)

ここで　待(ま)って　下(くだ)さい。

1人(ひとり)ずつ　並(なら)んで

横断歩道(おうだんほどう)で　道(みち)を　渡(わた)って

【中　譯】

請站在這裡。

請在這裡等候。

請一位一位排隊。

請在斑馬線過馬路。

5. 現在正進行的動作

例文(れいぶん)

兄(あに)は　今(いま)　電話(でんわ)を　待(ま)って　います。

母(はは)は　今(いま)　掃除(そうじ)して

今(いま)　雨(あめ)が　降(ふ)って

今(いま)　何(なに)をして　いますか。

【中　譯】

哥哥現在正在等電話。

媽媽現在正在打掃。

現在正在下雨。

現在正在做什麼？

6. 表持續的狀態

例文

郭さんは　お金をたくさん　持って　います。

姉は　旅行会社で　働いて

わたしは　高雄に　住んで

姉は　結婚して

【中 譯】

郭先生很有錢。
姊姊在旅行社工作。
我住在高雄。
姊姊已婚。

7. 表習慣

例文

お母さんは　毎日　家事を　して　　　　います。

わたしは　毎朝　公園を　散歩して

わたしは　去年から　日本語を　勉強して

【中 譯】

媽媽每天做家事。
我每天早上在公園散步。
我從去年開始學日語。

ツアーガイド：これから　日本の　入国手続きを　説明します。よく聞いて下さい。
まず　この入国カードに　名前などを　書いて下さい。
入国審査で　パスポートと入国カードを　見せて下さい。それから　荷物を取って　税関へ　行きます。
税関を通って　空港を　出ます。バスで　ホテルへ　行きます。

【中 譯】

團體導遊：現在開始說明日本的入境手續。請仔細聽。
首先在這張入境申請書填好名字等資料。
在入境審查處出示護照和入境申請書。然後拿行李到海關。
過了海關出機場。搭巴士去旅館。

文法解說

1.「Vテ形」變化：

動詞	字尾	テ形	例
I	う	～って	買う→買って
	つ		持つ→持って
	る		帰る→帰って
	く / ぐ	～いて / ～いで　例外：行く→行って	書く→書いて / 泳ぐ→泳いで
	す	～して	出す→出して
	ぬ	～んで	死ぬ→死んで
	ぶ		呼ぶ→呼んで
	む		飲む→飲んで
II		去る＋て	起きる→起きて
			食べる→食べて
III			する→して
			来る→来て

2.「～前に～」：要做一個動作或事情前先做某個動作或事情。若「前に」前面為名詞時，一定是帶有動作之名詞，且名詞後面加「の」再接「前に」。

3.「V1て　V2」表示動作的順序，或2個動詞句子的連接。

4.「Vて　ください」表示請求做某事，有委婉的命令意味。

5.「ずつ」助詞，表份量、數量、程度。

6.「Vて　います」：有3種含意。

①表現在進行式－例：コーヒーを飲んでいます。（正在喝咖啡）

②表狀態－例：お金を持っています。（有錢）

③表習慣、職業－例：毎日、散歩しています。（每天散步）

一、動詞の練習

辞書形	～ます	～て
始まる	始まります	始まって
行く		
帰る		
来る		
寝る		
飲む		
集める		
洗う		
食べる		
起きる		
登る		
する		
見る		
作る		
掃除する		

二、文を書いてください。（造句練習）

例：母は（掃除する）（料理を作る）。

→ 母は　掃除してから　料理を　作ります。

1. 毎日（家へ帰る）（何をする）。

→ ______________________________

2. デパートへ行く前に（友達に電話をする）。

→ ______________________________

3. （バナナを四本食べる）（ビールを五本飲む）。

→ ______________________________

4. 妹 は　今（歌う）。

→ ______________________________

5. よく（運動する）ください

→ ______________________________

豆知識

❖ ゴールデンウィーク（黃金週）

4 月 29 日是「昭和紀念日」，接著 5 月 3 日是「憲法紀念日」、5 月 4 日　「植樹節」、5 月 5 日是「兒童節」，這幾天都是國定假日，若遇到星期六和星期天就幾乎有一星期的長假，因此俗稱「黃金週」。此時全國的遊覽勝地、遊樂場所到處擠滿闔家出遊的人潮。

第15課　ごみをすてないでください

単語（たんご）

0	たばこ		香菸
1	せき	席	座位
2	なまもの	生もの	生食
0	ひと	人	人
1	まいご	迷子	走失的小孩
0	かって	勝手	任意、任性
2	ごみ		垃圾
0	やきゅう	野球	棒球
4	エアコン	air conditioner	空調
2	くつ	靴	鞋子
0	さいふ	財布	錢包
0	すう	吸う	吸
0	いう	言う	說
0	しる	知る	知道
0	なくす	失くす	失掉
0	すてる	捨てる	扔掉、拋棄
2	つける		開（電器）
0	あける	開ける	開
1	ぬぐ	脱ぐ	脫

1	はいる	入る	進入
0	でかける	出かける	外出

 補充單字 

	がっしょうづくり	合掌造り	合掌屋
0	けんがく	見学	見習、參觀
1	ちゅういする	注意する	注意
1	ドア	door	門
0	はく	履く	穿（鞋襪）
1	かぐ	家具	家具
0	さわる	触る	觸、碰
2	チケット	ticket	票
2	はしる	走る	跑
0	つむ	摘む	摘

文型（ぶんけい）

1. 動詞ナイ形

グループ	辞書形	ナイ形	辞書形	ナイ形
I	吸（す）う	吸（す）わない	死（し）ぬ	死（し）なない
	履（は）く	履（は）かない	並（なら）ぶ	並（なら）ばない
	脱（ぬ）ぐ	脱（ぬ）がない	摘（つ）む	摘（つ）まない
	失（な）くす	失（な）くさない	走（はし）る	走（はし）らない
	持（も）つ	持（も）たない		
II	起（お）きる	起（お）きない	捨（す）てる	捨（す）てない
	着（き）る	着（き）ない	出（で）る	出（で）ない
III	来（く）る	来（こ）ない	する	しない

2. たばこを　吸わない席　を　お願いします。

例文

生ものを　食べない　人は　ツアーガイドに　言って　下さい。

買い物に　行かない　ホテルで　休みます。

富士山を　知らない　日本人は　いません。

【中 譯】

請給我不吸菸的位置。

不吃生的東西的人請向團體導遊說。

不去買東西的人在旅館休息。

沒有不知道富士山的日本人。

3. パスポートを　失くさない　で　下さい。

例文

迷子に　ならない　で　下さい。

勝手に　ごみを　捨てない

歩きながら　携帯を　使わない

【中 譯】

請不要遺失護照。

請不要迷路了。

請勿隨便丟垃圾。

請不要一邊走路一邊使用手機。

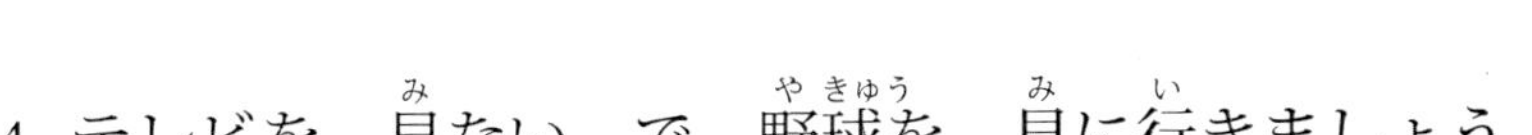

4. テレビを　見(み)ない　で　野球(やきゅう)を　見(み)に行(い)きましょう。

例文(れいぶん)

エアコンを　付(つ)けない　で　窓(まど)を　開(あ)けて　下(くだ)さい。

あの人(ひと)は　靴(くつ)を　脱(ぬ)がない　部屋(へや)に　入(はい)りました。

母(はは)は　財布(さいふ)を　持(も)たない　出(で)かけました。

【中 譯】

不要看電視，去看棒球吧。

不要開冷氣，請開窗。

那個人不脱鞋子，進了房間。

媽媽沒帶錢包就出去了。

合掌造りの　見学で　注意すること：

1.入る前に　チケットを　買って　下さい。

2.たばこを　吸わないで　下さい。

3.ごみを　捨てないで　下さい。

4.勝手に　家のドアを　開けないで　下さい。

5.靴を　履かないで　家に　入って　下さい。

6.古い家具を　触らないで　下さい。

7.家の中で　走らないで　下さい。

8.庭の花を　摘まないで　下さい。

【中譯】

合掌屋參觀注意事項：

1. 進入前請先買票。
2. 請不要吸菸。
3. 請不要丟垃圾。
4. 請不要隨便打開屋門。
5. 請不要穿鞋進入屋子。
6. 請不要碰觸舊家具。
7. 請不要在屋內奔跑。
8. 請不要攀折庭院的花。

文法解說

1. 「V ナイ形」變化：

動詞	字尾	ナイ形	例
I	う	～わない	買う→買わない
	く / ぐ	～かない / ～がない	書く→書かない / 泳ぐ→泳がない
	す	～さない	出す→出さない
	つ	～たない	持つ→持たない
	ぬ	～なない	死ぬ→死なない
	ぶ	～ばない	呼ぶ→呼ばない
	む	～まない	飲む→飲まない
	る	～らない	帰る→帰らない
II		去る + ない	起きる→起きない
			食べる→食べない
III			する→しない
			来る→こない

2. 「V ナイ形」為動詞否定型態。可置於名詞之前修飾名詞用。

3. 「V ないで　ください」表示請求不要做某動作或事，委婉的禁止句用法。

4. 「V1 ないで　V2」：(1) 不做 V1 而以 V2 取代之。(2) 以 V1 的狀態做 V2。

一、動詞の練習

辞書形	～ない	～なかった
作る	作らない	作らなかった
行く		
帰る		
来る		
寝る		
飲む		
言う		
捨てる		
食べる		
起きる		
登る		
する		
見る		
脱ぐ		
注意する		

二、文を書いてください。（造句練習）

例：（チケットが　ありません）人は　いますか。

→　チケットが　ない人は　いますか。

1. （魚を　食べません）人は　多いです。

→ ______________________________

2. ここで（写真を　撮りません）下さい。

→ ______________________________

3. （ハンバーガーを　食べません）（野菜を　食べましょう）

→ ______________________________

4. （事務室に　入りません）下さい。

→ ______________________________

5. （パスポートを　持ちません）（空港へ　行きました）

→ ______________________________

豆知識

❖ 子供の日（兒童節）

5月5日為兒童節。原本5月5日是端午節，相對於女兒節，是祈求家中男孩成長的日子。在這一天有男孩的家庭懸掛鯉魚旗（鯉のぼり），以期男孩像鯉魚不畏困境逆游而上之精神。在家中擺設武士的人偶，這一天要泡菖蒲澡，因為「菖蒲」的發音與「勝負」的發音一樣，希望藉由泡菖蒲澡加強君子之爭的勝負精神。

第16課　しごとのあとで、ビールをのみます

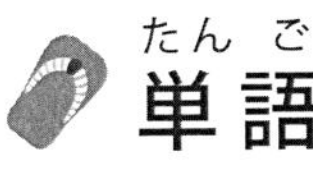
単語（たんご）

1	さっき		剛才
2	おかみ	女将	老闆娘、女店主
4	にほんりょうり	日本料理	日本料理
5	おんせんがい	温泉街	溫泉街
0	もの	物	東西、物品
1	あと	後	以後
0	せんたく	洗濯	洗衣
2	スキー	ski	滑雪
2	あつい	熱い	熱的
2	ココア	cocoa	可可亞
	こきゅうはくぶついん	故宮博物院	故宮
3	いちど	一度	一次
	イェンシュイ	塩水	鹽水
0	ばくちく	爆竹	鞭炮
0	まつり	祭り	祭典、慶典活動
0	すもう	相撲	相撲
1	なんど	何度	幾次
4	たいきょくけん	太極拳	太極拳
	にちげつたん	日月潭	日月潭
5	かんこうせん	観光船	觀光船
3	ウーロンちゃ	ウーロン茶	烏龍茶

0	よやくする	予約する	預約
0	はいたつする	配達する	投遞
0	おく	置く	放、置
0	おどる	踊る	跳舞

補充單字

1	マナー	manners	禮貌、禮儀
0	だついじょう	脱衣場	更衣間
3	ふろば	風呂場	浴室
0	きちょうひん	貴重品	貴重物品
1	ロッカー	locker	置物櫃
0	いれる	入れる	放入
1	ゆ	湯	熱水
2	かける	掛ける	澆
1	タオル	towel	毛巾
0	からだ	体	身體
3	かみのけ	髪の毛	頭髮
0	あらいば	洗い場	沖洗區
1	おけ	桶	木桶
1	もと	元	原先、從前
2	もどす	戻す	返回
3	しっかり		充分地、牢牢地
0	ふく	拭く	擦、拭

文型（ぶんけい）

1. 動詞タ形

グループ	辞書形	タ形	辞書形	タ形
I	会（あ）う	会（あ）った	死（し）ぬ	死（し）んだ
	置（お）く	置（お）いた	遊（あそ）ぶ	遊（あそ）んだ
	脱（ぬ）ぐ	脱（ぬ）いた	飲（の）む	飲（の）んだ
	話（はな）す	話（はな）した	踊（おど）る	踊（おど）った
	待（ま）つ	待（ま）った	行（い）く	行（い）った
II	浴（あ）びる	浴（あ）びた	入（い）れる	入（い）れた
	着（き）る	着（き）た	出（で）る	出（で）た
III	来（く）る	来（き）た	する	した

2. さっき　会（あ）った人（ひと）は　この旅館（りょかん）の　女将（おかみ）です。

例文（れいぶん）

昨日（きのう）　食（た）べた　日本料理（にほんりょうり）は　ちょっと　高（たか）かったです。

予約（よやく）した　旅館（りょかん）は　景色（けしき）が　とても　きれいです。

温泉街（おんせんがい）で　買（か）った　物（もの）は　明日（あした）に　家（いえ）に　配達（はいたつ）します。

【中 譯】

剛剛遇到的人是這間旅館的老闆娘。

昨天吃的日本料理有點貴。

已預約的旅館景色非常美。

在溫泉街買的東西明天配送到家。

3. 仕事(しごと)の後(あと)で　ビールを　飲(の)みます。

例文(れいぶん)

洗濯(せんたく)　の後(あと)で　買(か)い物(もの)に　出(で)かけました。

ホテルの部屋(へや)に　荷物(にもつ)を　置(お)いた　後(あと)で　すぐ（に）　温泉(おんせん)に　入(はい)りました。

スキーを　した　熱(あつ)いココアを　飲(の)みたいです。

【中 譯】

工作後喝啤酒。

洗衣後出去買東西。

旅館的房間放下行李後，馬上泡溫泉。

滑雪後想喝熱可可。

4. わたしは　故宮博物院(こきゅうはくぶついん)に　行(い)った　ことが　あります。

例文(れいぶん)

わたし　は　一度(いちど)　塩水爆竹祭(イエンシュイばくちくまつ)りを　見(み)た　ことが　あります。

相撲(すもう)を　見(み)た　ことが　ありません。

あなた　スキーをした　ことが　ありますか。

はい、　何度(なんど)も　あります。

いいえ、　一度(いちど)も　ありません。

【中 譯】

我有去過故宮。

我有看過一次鹽水蜂炮。

我沒有看過相撲。

有滑過雪嗎？

有，滑過好幾次。

沒有，一次也沒有。

5. 朝(あさ)　人(ひと)たちは　公園(こうえん)で　太極拳(たいきょくけん)をしたり　踊(おど)ったり　します。

例文(れいぶん)

夜(よる)　家(うち)で　本(ほん)を　読(よ)ん　だり　音楽(おんがく)を　聞(き)い　たり　しています。

A：台湾(たいわん)で　何(なに)を　したいですか。

B：小籠包(ショーロンポウ)を　食(た)べ　たり　夜市(よいち)へ　行(い)っ　たり　したいです。

A：日月潭(にちげつたん)で　何(なに)を　しましたか。

B：観光船(かんこうせん)に　乗(の)っ　たり　ウーロン茶(ちゃ)を　飲(の)ん　だり　しました。

【中 譯】

早上人們在公園打太極拳或跳舞。

晚上在家裡看書或聽音樂。

A：在台灣想做什麼？

B：想吃小籠包或去夜市。

A：在日月潭做了什麼？

B：搭觀光船和喝烏龍茶等。

温泉のマナー：

1.脱衣場で　服を　脱いだ後で、風呂場に　入って　下さい。

2.財布などの貴重品を　脱衣場のロッカーに　入れて　下さい。

3.お湯を　掛けた後で、風呂に　入って　下さい。

4.タオルを　風呂に　入れないで　下さい。

5.風呂で　遊んだり　泳いだり　しないで　下さい。

6.体や　髪の毛などを　洗い場で　洗って　下さい。

7.使った椅子や　桶などを　元の場所に　戻して　下さい。

8.体などを　しっかり　拭いた後で、脱衣場に　入って　下さい。

【中譯】

泡溫泉該注意的禮貌：

1. 請在脱衣間脱下衣服後進入浴室。
2. 錢包等貴重物請放入脱衣間的寄物櫃。
3. 淋完熱水後再進入浴池。
4. 毛巾請勿放入浴池。
5. 在浴池請勿嬉戲或游泳。
6. 請在沖洗區洗身體和頭髮等。
7. 使用過的椅子或桶子等請歸回原處。
8. 請確實擦拭好身體等再進入脱衣間。

文法解說

1. 「V タ形」變化：

<table>
<tr><th>動詞</th><th>字尾</th><th colspan="2">タ形</th><th>例</th></tr>
<tr><td rowspan="9">I</td><td>う</td><td colspan="2" rowspan="3">～った</td><td>買う→買った</td></tr>
<tr><td>つ</td><td>持つ→持った</td></tr>
<tr><td>る</td><td>帰る→帰った</td></tr>
<tr><td>く / ぐ</td><td>～いた /
～いだ</td><td>例外：
行く→行った</td><td>書く→書いた /
泳ぐ→泳いだ</td></tr>
<tr><td>す</td><td colspan="2">～した</td><td>出す→出した</td></tr>
<tr><td>ぬ</td><td colspan="2" rowspan="3">～んだ</td><td>死ぬ→死んだ</td></tr>
<tr><td>ぶ</td><td>呼ぶ→呼んだ</td></tr>
<tr><td>む</td><td>飲む→飲んだ</td></tr>
<tr><td rowspan="2">II</td><td rowspan="2"></td><td colspan="2" rowspan="2">去る + た</td><td>起きる→起きた</td></tr>
<tr><td>食べる→食べた</td></tr>
<tr><td rowspan="2">III</td><td rowspan="2"></td><td colspan="2" rowspan="2"></td><td>する→した</td></tr>
<tr><td>来る→来た</td></tr>
</table>

2. 「V タ形」為動詞的過去式型態，可置於名詞之前修飾名詞之用。

3. 「～後で～」：表做完一個動作或事情之後接著做的動作或事情。若「後で」前面為名詞時，一定是帶有動作之名詞，且名詞後面加「の」再接「後で」。句子真正的時態表現在後面的動詞。

4. 「V たことがあります」表示經驗。「あります / ありません」（有／沒有）的時態不可變化。

5. 「V たり　V たり　います」表示動作的部分列舉。同時暗示也有做其他動作或事情，只是沒一一列舉出來。

宿題

一、動詞の練習

辞書形	～た
入れる	入れた
行く	
戻る	
来る	
寝る	
読む	
掛ける	
洗う	
拭く	
着る	
登る	
する	
見る	
作る	
予約する	

二、文を書いてください。（造句練習）

例：（昨日　食べました）パンは（おいしい）。

→　昨日　食べたパンは　おいしかったです。

1.（さっき　先生が　言いました）ことは　何ですか。

→ ______________________________

2.（海で　撮りました）写真は　きれいです。

→ ______________________________

3.（温泉に　入りました）ことが　あります。

→ ______________________________

4. 日曜日に（テレビを見ました）（インターネットをしました）しています。

→ ______________________________

5.（手紙を　書きました）後で、出かけました。

→ ______________________________

豆知識

❖ 七夕（七夕）

7月7日七夕，牛郎織女一年只能在這一天相會的故事由中國傳入日本，剛好與日本原本的習俗結合。七夕的由來眾說紛紜，有一說為以前農民為7月15日的祭典準備，在這一天搭祭典用的棚子。這一天常會降雨，剛好可以用水洗盡污垢。在日本各地慶祝七夕的活動不一，有的地方會用草和麥梗製作七夕馬、有的家家戶戶擺飾竹子、有的流放燈籠。常見到的活動是在一短箋寫上願望，然後綁在竹子上許願。

❖ 海の日（大海節）

日本為海洋國家，為特別感謝、珍惜大海資源而立此國定假日。原為7月20日，後改為7月第3個星期一。

❖ お盆（盂蘭盆節）

8月15日前後是盂蘭盆節，這是佛教的活動，祭祀祖先以祈家族繁榮。此時人們返回家鄉掃墓，也藉此與不常見面得親友團聚。因此這個期間日本陸上天上交通擁塞，不亞於過年期間。

7月到8月各地祭典活動也多，例如7月中上旬福岡市的博多祇園山笠、7月中旬京都的祇園祭、7月下旬大阪的天神祭、8月初的青森睡魔節和秋田竿燈節…等等不勝枚舉。另外各地舉辦的煙火大會也是吸引注目的焦點，特別是東京都隅田川煙火大會最負盛名。

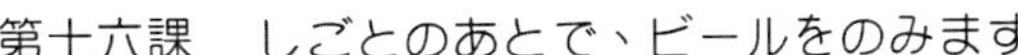

模擬テスト（第一～十六課）

一、文字語彙

問題一 ＿＿＿の　ことばは　ひらがなで　どう　よみますか。1・2・3・4から　いちばん　いい　ものを　ひとつ　えらんで　ください。（＿＿＿中的字用平假名如何唸？請從1、2、3、4中選出一個最適當的）

とい1　いぬは　外に　います。
（　）　1. そと　2. うえ　3. した　4. なか

とい2　この雑誌は　いくらですか。
（　）　1. きっぷ　2. ざっし　3. にっき　4. きって

とい3　先月　にほんへ　りょこうに　いきました。
（　）　1. せんしゅう　2. せんげつ　3. せんしゅ　4. せんがつ

とい4　うんどうの前に　なにもたべません。
（　）　1. まえ　2. いえ　3. あと　4. した

とい5　かさが　三本　あります。
（　）　1. さんほん　2. さんぽん　3. さんぽ　4. さんぼん

とい6　ここで　待ってください。
（　）　1. まって　2. もって　3. いって　4. のって

とい7　海で　しゃしんを　とります。
（　）　1. やま　2. うに　3. うみ　4. かわ

とい 8　まいにち　でんしゃで　会社へ　いきます。
（　）　1. がいしゃ　　2. がっしゃ　　3. かいしゃ　　4. しゃかい

とい 9　このかばんは　丈夫です。
（　）　1. きれい　　2. じょうぶ　　3. しょうふ　　4. べんり

とい 10　このこうえんは　きが　多いです。
（　）　1. おおきい　　2. おそい　　3. おおい　　4. たかい

問題二　＿＿＿の　ことばは　どう　かきますか。1・2・3・4 から　いちばん　いい　ものを　ひとつ　えらんで　ください。（＿＿＿中的字如何寫？請從 1、2、3、4 中選出一個最適當的）

とい 11　しろい　はんかちを　かいました。
（　）　1. ハンカチ　　2. ハカンチ　　3. ホカンチ　　4. ホンカテ

とい 12　えいがが　おわりました。
（　）　1. 絞りました　　2. 放りました　　3. 終わりました　　4. 細りました

とい 13　ともだちと　いっしょに　ほんやへ　いきました。
（　）　1. 一生に　　2. 一回に　　3. 一緒に　　4. 一本に

とい 14　おおきい　くるまが　あります。
（　）　1. 車　　2. 机　　3. 服　　4. 家

とい 15　このきっては　いちまい　はちじゅうにえんです。
（　）　1.82 冊　　2.80 円　　3.82 円　　4.82 枚

とい 16　きのう　ほてるで　しょくじを　しました。
（　）　1. ハテル　　2. ホラレ　　3. ホフル　　4. ホテル

とい 17　こうちゃでも　のみませんか。

（　）　1. 飲みませんか　2. 食みませんか　3. 飯みませんか　4. 餃みませんか

とい 18　せんせいは　ははと　はなしています。

（　）　1. 出しています　2. 指しています　3. 話しています　4. 返しています

問題三　（　　）に　なにを　いれますか。1・2・3・4 から　いちばん　いい　ものを　ひとつ　えらんで　ください。（（　）中填入什麼？請從 1、2、3、4 中選出一個最適當的）

とい 19　きょうは（　　）が　ふっています。

（　）　1. はな　2. ゆき　3. あめ　4. かぜ

とい 20　あついですね。　まどを（　　　　）。

（　）　1. しめましょう　2. あけましょう　3. あげましょう　4. つけましょう

とい 21　わたしのいえは　この（　　）の 8 階です。

（　）　1. デパート　2. ホテル　3. ホール　4. ビル

とい 22　えきから　いえまでの（　　）を　かいて　ください。

（　）　1. ちず　2. きっぷ　3. てがみ　4. めいし

とい 23　さとうさんは　じが　じょうずに（　　　　）。

（　）　1. のります　2. あけます　3. かきます　4. ききます

二、文法

問題一　（　　）に　なにを　いれますか。1・2・3・4から　いちばん　いい ものを　ひとつ　えらんで　ください。（（　）中填入什麼？請從1、2、3、4中選出一個最適當的）

とい1　わたしは　車（　）ほしいです。
（　）　1. が　　2. に　　3. で　　4. へ

とい2　りんご（　）3つ　買いました。
（　）　1. に　　2. の　　3. が　　4. を

とい3　きのう　わたしは　1人（　）映画を　見に　行きました。
（　）　1. へ　　2. で　　3. を　　4. が

とい4　きのう　わたしは　どこ（　）でかけませんでした。
（　）　1. へ　　2. でも　　3. へも　　4. で

とい5　部屋を（　　　）掃除しました。
（　）　1. きれい　　2. きれいな　　3. きれいに　　4. きれいく

とい6　きのうは（　　　　）。
（　）　1. さむいないでした　　2. さむくないです　　3. さむくないでした　4. さむくなかったです。

とい7　きょうは　よる　9時（　）かえります。
（　）　1. まで　　2. から　　3. ごろ　　4. ぐらい

とい8　A：「お兄さんは　おげんきですか。」
B：「（　　　　　　）。」
（　）　1. はい、おかげさまで　　2. あ、どういたしまして
3. いいえ、ありがとう　　4. すみません

とい 9　A：「コーヒーと　こうちゃと　（　　）が　好きですか。」
　　　　B：「こうちゃのほうが　好きです。」
（　）　1. どこ　　2. どう　　3. どれ　　4. どちら

とい 10　A：「あなたも　料理を　作って　下さい。」
　　　　B：「ちょっと　待って　下さい。　手を（　　）から　作ります。」
（　）　1. あらう　　2. あらい　　3. あらって　　4. あらった

問題二　＿★＿に　はいるものは　どれですか。1・2・3・4 から　いちばん　いい　ものを　ひとつ　えらんで　ください。（＿★＿中填入哪個？請從 1・2・3・4 中選出一個最適當的）

とい 11　たんじょうびに＿＿＿　＿★＿　＿＿＿　＿＿＿。
（　）　1. くれた　　2. ははです　　3. かばんを　　4. ひとは

とい 12　さとうさんは＿＿＿　＿＿＿　＿★＿　＿＿＿です。
（　）　1. で　　2. いい　　3. しんせつ　　4. ひと

とい 13　顔を＿＿＿　＿＿＿　＿★＿　＿＿＿でかけます。
（　）　1. きて　　2. あらって　　3. から　　4. ふくを

とい 14　この＿＿＿　＿＿＿　＿＿＿　＿★＿みませんか。
（　）　1. えいが　　2. いっしょに　　3. を　　4. あたらしい

とい 15　もう＿＿＿　＿★＿　＿＿＿　＿＿＿。
（　）　1. べんきょうして　　2. みないで　　3. ください　　4. テレビを

 延伸閱讀 

国立公園は、世界の多くの国で設けられていますが、世界で初めての国立公園として、アメリカのイエローストーン国立公園が 1872 年に指定されました。台湾では、1972 年国立公園法が制定され、それに基づいて 1984 年 1 月 1 日に墾丁国家公園が台湾初の国立公園に指定されました。その後、国立公園は続々成立し、玉山国家公園、陽明山国家公園、太魯閣国家公園、雪霸国家公園、金門国家公園、東沙環礁国家公園、台江国家公園、澎湖国家公園、寿山国家公園　１０箇所になり、毎年多くの人が利用しています。

MEMO

MEMO

MEMO

MEMO

MEMO

國家圖書館出版品預行編目資料

觀光日語 / 鍾國揆, 陳建如編著. -- 二版. -- 新北市：
新文京開發, 2020.01
面； 公分

ISBN 978-986-430-589-6（平裝）

1.日語 2.旅遊 3.讀本

803.18 108022852

觀光日語（第二版） （書號：**HT41e2**）

編著者 鍾國揆 陳建如
出版者 新文京開發出版股份有限公司
地址 新北市中和區中山路二段 362 號 9 樓
電話 (02) 2244-8188（代表號）
FAX (02) 2244-8189
郵撥 1958730-2
初版 西元 2016 年 09 月 10 日
二版 西元 2020 年 02 月 01 日

建議售價：320 元
法律顧問：蕭雄淋律師
ISBN 978-986-430-589-6

New Wun Ching Developmental Publishing Co., Ltd.

New Age · New Choice · The Best Selected Educational Publications—NEW WCDP

新文京開發出版股份有限公司
NEW WCDP
新世紀・新視野・新文京 — 精選教科書・考試用書・專業參考書